八珍

沐小风 著

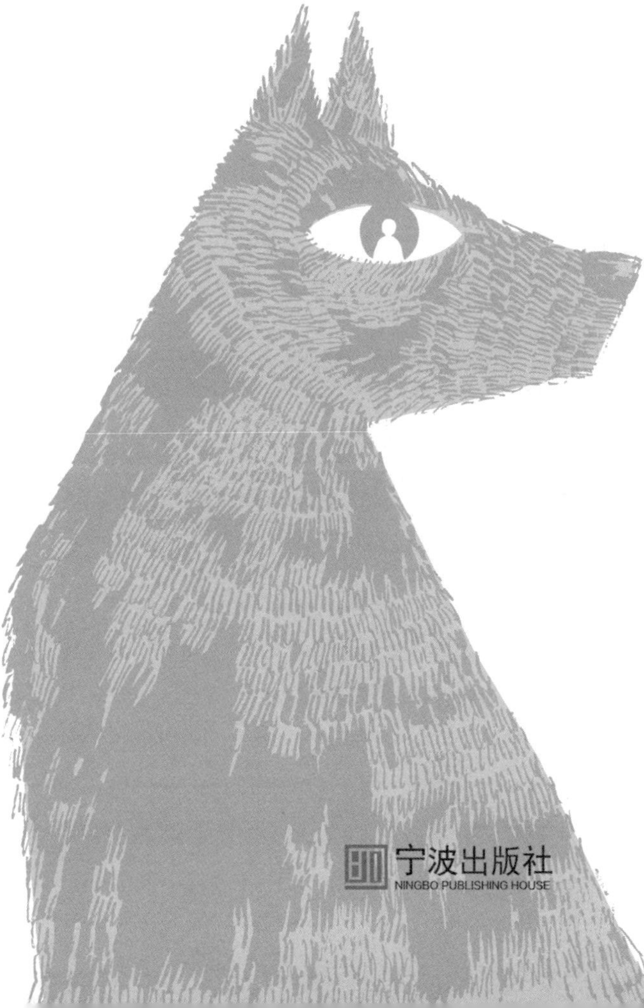

宁波出版社
NINGBO PUBLISHING HOUSE

图书在版编目（CIP）数据

八珍 / 沐小风著 .— 宁波：宁波出版社 ,2018.12
ISBN 978-7-5526-3340-5

Ⅰ.①八… Ⅱ.①沐… Ⅲ.①中篇小说—小说集—中国—当代②短篇小说—小说集—中国—当代Ⅳ.① I247.7

中国版本图书馆 CIP 数据核字（2018）第 244489 号

八　珍	沐小风　著
出版发行	宁波出版社
	（宁波市甬江大道 1 号宁波书城 8 号楼 6 楼　315040）
责任编辑	罗樱波　晏　洋
责任校对	徐巧静　李　强
封面设计	王绍冰
印　　刷	宁波白云印刷有限公司
开　　本	880 毫米 ×1230 毫米　1/32
印　　张	7.25
字　　数	156 千
版　　次	2018 年 12 月第 1 版
印　　次	2018 年 12 月第 1 次印刷
标准书号	ISBN 978-7-5526-3340-5
定　　价	35.00 元

如发现缺页或倒装，影响阅读，请与出版社联系调换
电话：0574-87248279

目录

1　　　无期

17　　琉璃

35　　木头说

79　　谁在耳语

115　　八珍

159　　临终

185　　白云里

207　　无痕

无 期

一连下了几场雨,秋天就摆脱了夏的纠缠,踩着梧桐树的落叶,扭着腰肢款款而来。

就先叫她狸儿吧。

因病赋闲大半年,狸儿无聊得快要发疯。从一开始满腹心事不知该如何安放,到如今一切都已不得不放下,狸儿的世界只有微信朋友圈了。

她每天的生活除了吃药、吃饭、睡觉,就是不停变换着自己的名字,像皇帝批阅奏折一样在朋友圈里点赞、留言。刚住院时她是"懒洋洋的猫";手术后整整一周不能洗澡,她夸张地为自己取了个"就是不洗澡"的怪名字;之后根据每天的不同心情,又成了"凉""烟灰缸""像真的一样"……"狸儿"是她刚刚想到的新名字。前段她还自称是"灭绝"呢,昨天则改成了"云鬓"——因为她梳头的时候从镜子里瞥到了日渐稀疏的发间几丝刺目的白。她一下子就想到了"云鬓"这个词,然后不可抑制地笑出了声——古代女子说的"云鬓"应是"乌云"吧,而自己呢?想象着鬓角镶上几朵白云之后的样子,她靠在卫生间的门背后笑得不可自持,直到无力而席地瘫坐。

就在刚才,她才缓缓躺倒在沙发上,刚刚抄起枕旁的手机,

"唧唧唧"的信息提示音就响起。"病猫!病猫!起来吃药!起来吃药!"张飞又在微信里热烈地发出指令。她有点生气。他总是远距离——可能隔着时空都说不定,狸儿常常这样幻想——掐着时间指挥着她的一切:吃饭、休息、洗澡、睡觉,当然,最多的还是吃药,可不止一天三次呢!简直比太平洋上的警察还管得宽!而且,她不止一次告诉过他,自己属虎,让他别再叫自己病猫。但他总是不听,理由五花八门,这次的借口居然是"这样说起来比较押韵"。狸儿想狠狠反击,却苦于词穷,愤愤地乱戳手机屏,却打开了张飞紧随其后发来的一堆历史科普知识。一句"苦县一带老虎被称为'狸儿'"映入眼帘,她当下就十指翻飞,"麻烦兄台此后唤我'狸儿',谢谢!"

"好的,老虎宝宝。"张飞回复得跟以往一样神速,而且善解人意得像是她肚子里的蛔虫。这让狸儿身上不由自主又起了一层鸡皮疙瘩。她不止一次怀疑张飞在自己手机里植入了某种可以追踪的芯片,或许,他是把芯片直接植在她脑子里了?否则,他怎么会那么神奇,对她的一举一动简直了如指掌!

她没见过张飞。这个名叫张飞的人是她住院的时候唯一一次鬼使神差使用微信摇一摇功能摇到的。她对他的了解来自微信,他发的都是猫的照片,从来不发文字。她猜他喜欢猫,他的头像就是一只眉开眼笑的胖猫。而当时,狸儿的头像恰好是一只媚眼如丝的波斯猫,毛色纯白,浑身透着高贵的味道。

"你为什么要取这样一个名字?"张飞一上来就问她。

"懒洋洋总比病恹恹好吧。"当时的狸儿还叫"懒洋洋的猫",她这样回答。"我病了。"她接下去又加了一句。

后来狸儿分析了一下,应该是当时她刚刚做了一次化疗的缘故,浑身关节疼痛,神志不清、口干、恶心、胃痛,整个人不住发抖……否则,她怎么可能跟一个素未谋面的陌生人说那么多话,而且是实话呢!

"我坐在这儿,静静地,等着你来。仿佛活了这么些年,就是在静候你的到来。"后来她忍不住这样对他说。那时她叫"凉"。他夸了她这名字,因为外面已是炎夏。"看到你,就从心里透出凉意,舒坦!"

"哦不,我是心里凉。"她无力地反驳,像一个故意叛逆的孩子。同时,她也想看看这男人还有什么伎俩哄自己开心。

"心静自然凉呀!"他真聪明,顾左右而言他。

于是,她立马改名成了"烟灰缸"。他却又几乎秒懂,发来温暖的言语指导她:"既然往事已如死灰般寂灭,不如将这些无用的东西全部清空了罢。放空自己,得大自在。"

每次总是这样。简直像佛祖一般温和,却直戳心尖、一针见血。可怕极了。

她试图不理睬他。除了张飞,她还有其他朋友,多得是呢。"你以为你是糖,可是我有糖尿病,而不是低血糖!"她把他发给自己的一大堆心灵鸡汤删了个精光。不知道为什么,她沉默的时候,他也总是不说话。她又一次觉得有些恐怖。她忍不住环顾四周,当然,她什么也没看到。而想象中,一个面目不清的男子在某个遥远的地方默默瞅着她,带着模糊甚至有些讨好的微笑,仿佛在听候她发落。她的手指对着张飞的名字半响,最终还是没有将他拉黑。

她的耳畔隐约传来了轻笑。她汗毛直竖,决定要摆脱它。

"想控制我？没门儿！"她想跟其他朋友闲聊，把手抄通讯录、手机通讯录、微信好友以及QQ好友通通浏览了个遍，却发现连一个能聊天的朋友都没有。她不甘心，又倒腾了一番书柜。想看的书都早已看腻，不想看的还是吸引不了她的眼睛。她光着脚闷闷地在客厅来回走了几趟，只有躺下休息——医生不是也说过，让她多多闭目养神吗。以前，忙碌辛苦的时候觉得要是能彻底休息一回就好了，可是真正闲下来，却是这么的可怕。她自嘲，也随即得出一个结论：人生就是一种交换，所谓此消彼长，得到与舍弃是等同的。

后来，就这么睡过去了，还做了个白日梦。狸儿梦见自己穿越去了唐朝，绾着发髻、布衣荆钗，在蛋青色的天幕下缓步踏上一条貌似洁净的土路。走了许久，直到路旁出现泥墙屋三两间，茅草的围篱，石头搭垒的灶，低矮的门，屋顶竖着半截烟囱。最惹眼的是倚墙怒放的一树桃花，只有一树，瘦高，凌驾于屋顶之上，枝杈在天空下显得有些张牙舞爪，粉红的花也仿佛有些细碎，但跟这屋舍相得益彰，极为和谐。屋后，是一片明丽的绿，那是平旷的田野。梦里的狸儿有航拍一样的视角，但她丝毫不觉得奇怪。因为她知道自己这是在做梦，而且她还决定留下来，仿佛那就是她在唐朝的居所。

狸儿能够记得的最后一个梦境，是她挽起衣袖、踮着脚尖在为这房子挂一幅蓝底白花的粗布门帘。醒来觉得好玩，遂百度起类似的图片来。

"小老虎，醒一醒，该喝中药了！"张飞又出现了。

"已经醒了！已经喝过药了！"狸儿突然又心烦意乱，"你能别来管我吗？烦！"

"好吧！那你现在干吗呢？"

"你管得着吗？我找图片。"狸儿恼火地退出了百度。看来网络也不是万能的,她没能找到梦里的那幅场景图。

"什么图片？说来听听！说不定我有。"这家伙,还真是不屈不挠。

狸儿于是向他细细描述了一番,带着点恶作剧的心思。这完全是不可能的任务,这下子他总该知难而退了吧。

张飞果然静默了。狸儿又开始狂刷朋友圈,但她的心却横生枝蔓,根本就没办法集中注意力。一个平素交好的同学在朋友圈里发他八十多岁的奶奶去世的消息,狸儿居然给点了赞。同学立马直接打来了电话,明显带着不悦的口气:"好久不见！你没事吧？最近变成专业点赞党啦？"

狸儿恍惚了一秒钟,才明白过来自己犯了错。但心底的骄傲又让她一下子无法接受对方的嗔怪——以前,几乎所有的同学和朋友跟她讲话一般可都是用宠溺口吻的呀！她沉吟了一下,用一贯的大大咧咧答复道:"人出生时只有婴儿一个人在哭、周围的人都在笑,而去世时正好相反。说明来这世上是苦的,而离开却是真正快乐的吧！所以,我给点赞了。"

"呃……好吧。就知道说不过你！"同学瞬间语塞。但他很快又追了一句:"你还跟以前一样,那么不现实,依旧像活在象牙塔里。你最近……真的好吗？大家聚会总也不见你的影子……"

狸儿赶紧打断他:"我很好啊。只是最近太热,在空调底下冬眠不觉晓了呢！"她没把自己生病之事告诉全世界,怕大家担心,更怕大家知道后自己需要一一解释太麻烦。"毕竟,许多东西是要靠自己一个人去承担的,家人和朋友是用来在心理上依靠的。就让他们谴责我好了。"狸儿这样想。

微信提示音恰到好处地响起,使狸儿有借口挂断了电话。是张飞。他传过来一张照片,几乎跟她梦里的一模一样。狸儿在点开图片的瞬间,觉得自己的头皮都炸开了。

"你怎么做到的?"她哆嗦着手指问他。

"你知道 PS 吗?"张飞反问。狸儿一下子释然,狂跳的心慢慢平复下来。她想象着张飞狡黠的笑容,脸却渐渐热了,心里有一种五彩的东西在慢慢盛开。狸儿猜测,这感觉应该叫心花怒放。

狸儿从来无法得知,人们究竟为什么会爱上另一个人。也许是因为每个人的心里都有一个缺口,它有时候又像是空洞,呼呼地往灵魂里灌着刺骨的寒风,所以才需要一个形状正好的爱人来填补它吧。狸儿觉得她心里的缺口是歪歪扭扭的不规则锯齿状,那是被撕裂后扭曲变形的,一般人填补不了。可是,张飞,为什么,能够这么贴切?她知道这不正常。但空洞被恰好补上的感觉,太温暖、太熨帖,她抗拒不了!

趁着开心劲儿,狸儿将那张照片发上朋友圈,并广告曰:鄙人不日将乔迁新居,先发新居外景给大家过目。

本来事情也就这样了——供大伙哈哈一乐,点不点赞随意。但心情大好之下的狸儿又觉得,世界那么美好,寂寞的人儿何止自己一个!她认为,还可以让大家跟着一起浮想联翩。于是,就又有了之后的文字:另,舍旁尚有茅屋三间、牛栏一座出租,有意者请飞鸽传书至唐朝长安城外"有一家客栈"狸猫掌柜商洽。

不出所料,精彩后续纷至沓来。撇开仅有的三个"点赞党"不说,有十多个朋友留言表示要租房(只有一位明示:房租不要太贵),想成为狸儿的邻居;一可爱的小姑娘自告奋勇要住牛栏,狸儿回复说让她跟自己住一起,小丫头当即表示泪流满面和欢天喜地;一久未谋面的男同学留言说,"酒醒已是唐朝",袒露了他也是狸儿铁杆粉丝的秘密心迹;向来古典而热爱田园生活的麦子姑娘则对新居大加赞赏:冬暖夏凉,无电脑微波装修污染,小可养蝼蚁,大可养猪羊,还可以种菜植花,多好!美丽而善解人意的柔雪姑娘则担忧狸儿的人身安全:还缺身强体壮保镖几枚,若风来屋倒,可及时出手救你……

狸儿的肚子里笑浪翻滚,心中更是蠢蠢欲动,想发布告广招保镖。正草拟腹稿,张飞又突然现身,发过来一句:"长安城的具体地址与门牌号?"

狸儿说,客栈在关外,沙漠上唯一的一家,没有门牌号。"既然你也有兴趣参加这大众游戏,那就一起吧。"她这样寻思。

"好的。若茅屋为秋风所破,请允我出手相救。"张飞在那头一副摩拳擦掌、跃跃欲试的模样,几有立刻就挟狸儿狂奔三千余里的架势。

"不劳大驾了!正打算贴告示招纳贴身保镖呢!"狸儿继续逗他。

"打算招几名?"

"多多益善。"

"在下武艺高强且心细如丝,只要月银三钱。可当保姆兼负责小姐安全,简称'保安'。还望小姐优先考虑。"

狸儿忍不住笑了。"如此,录你一枚足矣。"又加上一句,"允你策马扬鞭,速速赶来!"

张飞发过来一张乐不可支的笑脸,说:"喳!"

狸儿捧着手机闭上双眼,开始想象自己披着海藻般的长发,光着脚丫,衣袂翩翩,牵着一匹红鬃马走在唐朝的某条河边,一位孤独的少年游侠打远处飞骑涉水而来,经过狸儿身侧时偏头看她,目光如溅起的水花一般晶莹透亮……

可是,对面的张飞却又不吭声了。他总是这样,主动权永远都握在他的手上。狸儿又有了点小忧伤,心里觉得疲倦,就强睁双眼发了一句,"可不要挥舞着两把板斧出现在我面前哟!"便沉沉坠入了梦乡。

手臂的麻木使狸儿很快醒来。她稍稍活动了一下筋骨,又忍不住刷朋友圈。

又多了几个留言的。一个说自己的鸽子迷失了方向,找不到回家的路了;一个夸狸儿有仙风,像是要得道成仙;一位爱好古诗的故人也突然现身,让狸儿写一首类似陶潜"采菊东篱下"的诗,然后与他在桃花树下煮茗品酒论诗,依旧一派浪漫情怀……

枕上黑乎乎的,全是落发。像是乌云。狸儿将它们收起来,捋直了,用其中一根扎成一绺。不知为何,她想起了老电影里的桥段:姑娘剪下自己头上的一绺发丝,用红线扎了当作定情物,羞涩地塞给即将远行的心上人。

"唧唧唧……"手机发出轻鸣。又是张飞。"穿越回来了吗?"

"哦!还没呢!一觉醒来,发现茅屋外已是人头攒动,车马喧嚣,繁华已经超越长安街。左邻右舍正在疯传,说杨贵妃要搬来这儿住呢。所以,为了跟贵妃娘娘一决高下,我不打算回来了。"狸儿这样回复道。

"要不我抓几头小猪来,跟你一起过男耕女织的生活?"

他是想要现身了吗?他会来到自己身边吗?似乎有久违的阳光照进阴湿的心房来,正好打在她迷蒙的双眼上。这种明亮而晃眼的感觉令眼睛生疼。狸儿想,掉出一些眼泪来,可能会好受些吧!可是,她心里很清楚地知道,那唐朝、那世外桃源不是真的,是瞎编的,是自己一时兴起的胡闹。于是,她手底下又用力摁发:"哦不,我刚刚抓了一头小猪回来,却发现因为粉丝太多,把我的房子都挤塌了!看来,我还是穿越回家来算了。"

"别呀!我还有好消息要告诉你呢。张艺谋导演已决定将其斥巨资打造、冲击奥斯卡大奖的影片《人面桃花》外景地定于你处,已派他的经纪人去往唐朝,跟狸猫掌柜商洽亿元租金事宜。"

"那么,就是说你希望我留在唐朝?"狸儿这样问。她没问出口的是,"你,届时也会跟那经纪人一起来吗?"越发酸楚的眼眶已然快要胀裂,泪水却不见影踪,狸儿终于知道了欲哭无泪的疼。爱与死有一点相同,不论帝王的高堂大殿,或是牧人的茅屋草舍,它都要闯进去。这是塞万提斯说的。现在,张飞的出现算是闯进来的爱吗?自己已是个濒死之人,在死之前爱一场又如何?可是……她忍不住浑身战栗起来。

"傻瓜!我这不是正马不停蹄,赶去唐朝么!"他停顿了一下,又发来一条消息,"你呀,应该多吃一点,胖了才好跟杨贵妃媲美啊!"

"骨瘦如柴的人儿这就羞涩地飘进厨房,准备大吃一斤……"狸儿的嘴角又开始慢慢上翘,只是她不自知罢了。

"别自黑了。我一来唐朝就会努力把你喂胖的!"张飞信心满满的样子。

她的心脏瞬间被一股热流裹挟,一种液体辛辣而幸福地涌上来。狸儿知道,那是睽违已久的自己的泪呀。她抹了一下眼睛,飞快地拍了一张自己那绺落发的照片发过去,说:"多年后,请带着这绺青丝去一个无人的渡口等我。记住,暗号是'喂,你欠了我三钱银子,快快还来!'"

"好的。"张飞这样说,然后又加了一句,"唐朝没有微信,我删掉了哈!"

狸儿愣愣地瞅着这句话,正在想有什么地方不对劲,手机暗了下去。没电了。

……

我面前的是一位妄想症患者。她叫林夕,三十岁上下,脸上那种小女孩的青涩还没有完全褪去,但已经具备了成熟女人的妩媚与性感。此刻她正在熟睡中,脸上带着笑容,是恋爱中的那种美好而甜蜜的笑容。令人费解的是,她头上戴了一顶不合时宜的黑色毛线帽,将她纤巧的头部包裹得严严实实。这使她的脸色看起来格外白皙。

而刚才那些,是她被我催眠之后叙述的梦境。

据送她前来的林父说,林夕总是把自己想象成她在看的每一部书的主角,同时也是作者。她会沉浸在每个故事里,自编、自导、自演,投入到无法自拔。

"什么时候开始的?"

"自从她未婚夫失踪之后。"林父说,"他们最后一次在一起,是在一个影视拍摄基地。喏,就是这儿。"他向我展示了她的手机屏幕——那上面,赫然是她被深度催眠之后讲述的狸儿梦回唐朝的那处桃花源。"他跟她在那儿分手之后,再也没出现过。"

可能林父也看出了我眼里的疑惑,朝女儿努努嘴,声音低下去:"他们一起出去旅行的前晚,她收到单位的体检报告单,说是乳腺癌中期,可能得切掉一个乳房。那男的,陪她走过前几日的行程。可是最后一天,却……可能,男人接受不了吧……"他将手机塞过来,又别过头去,不让我看清他的脸。

我接过手机,放大看。果然,那世外桃源的不远处,钢筋水泥建筑森然可见——那个美丽的场景是人工搭建出来的假道具,她内心是清楚的,否则,她梦里的那张照片也不会是人为PS出来的了。

"她未婚夫名叫张飞?"

"不是。我不能说。我们尽量避免提起,也怕她不能听到那两个字。我也从未听到她提过。"林父叹了一口气,看着林夕熟睡中的脸,满眼都是疼惜。"后来,她选择了保守治疗,效果也很好。这孩子,从小性格开朗、内心好强,做化疗都从未听她哼过一声,尽管那段时间她苍白枯瘦,就像一片没有生命力的叶子。我们一开始还以为她真的没事,天天若无其事的,有说有笑。直到有一天,很热了,她走出卧室依旧扣着那帽子——"他指了指她头上的毛线帽,又犹豫了几秒钟,才像下定决心一样,上前轻轻将它揭了下来,"她的头发,变成这样了……"

稀稀疏疏的半头青丝和半头白雪,以一种闪电般强大的冲击力刺入了我的眼帘。它们亲昵地共存着,有不少还缠绕在一起。黑白两种极端的颜色相互映衬着,那么残酷,又那么忧伤。如果不是亲眼所见,我根本不敢相信自己的眼睛。

但作为一名高明的职业医生,我必须让自己表现得无动于衷。

"那她最近在看《三国》?"我的言下之意是,她口中的张飞何来?

"哦,不。"她父亲说,然后伸手指向我的书桌,"是您在看,高医生。她总有办法让自己在瞄到书的瞬间就投入其中。"

果然。不知什么时候,我的书桌上竟然摊开着一本《三国演义》,上面斜插着一枚书签,赫然是张飞那威风凛凛的脸谱。

熟睡的病人突然发出大声地抽泣,伴随泪如泉涌:"呜呜呜,张飞,我来不及告诉你那个渡口的名字了!张飞,张飞,我们之间还没开始呢,你就张开翅膀飞走了!我们,我们注定要失联了……"她的声音里满是绝望与哀伤,浑身颤抖得几乎要从躺椅上掉落。

林父瞬间老泪纵横:"终于看到她哭了!"

"哭泣是痊愈的开始。"我说着,从她父亲手中取过帽子,走上前去为她戴好,并俯下去拥住了她瘦削的肩,在她耳边说:"不怕,林夕不怕。相信我,有的人与你失散,是因为另一个更好的人将和你相遇。"闻言后,林夕费力地睁开星眸,茫然地扫视了我一眼,又紧紧闭上了。泪水继续肆虐,喉头抽噎得很厉害,但她僵硬的身躯渐渐在放松、在柔软、在平静——我的双臂完全感觉得到这一切。

林夕父女俩走了之后良久,我起身走到窗前,新鲜空气扑面而来。外面的雨已经停了。久违的阳光散缀在行道树上,闪闪发亮。远处,花木疏朗。草坪上,许多像林夕一样穿着"××精神病院"病号服的人在活动。有的肢体僵硬,有的很是夸张,动作很不协调。

我看不清他们的表情。

 琉 璃

"先生,到你了。"

一个留齐耳波波头的年轻女孩过来,凑近陈晧,用低柔的声音提醒他,然后伸出涂着鲜红蔻丹的白皙右手将他往外引领。

陈晧收起手机,起身出门,径直来到镜子前坐下。

他已经在这家名叫"帝爵"的美发厅贵宾室里待了不少时间。这是市区最高端的美发厅,没有之一。作为一个讲究生活质量的医生,陈晧只选择自己认为对味的。而"对味",对他来说,最简单的辨识方法莫过于选择最贵的。这家帝爵美发厅占据了全市最繁华的购物商厦人流最集中的一个楼层的中央位置,门庭装饰豪华,周围一众美食、鲜花、服饰等商家呈辐射状众星拱月般簇拥着它,可谓霸气十足。店里面的布置却绝无土豪气,简洁、干净、大气,就连里头低回的音乐也充满了能使人安静的禅意。

这里的服务也是陈晧喜欢的。服务员的服装是统一的黑白两色,干净,不流俗;女孩子都一水儿清透的淡妆,笑容甜美,说话声音低柔,含腰倒水的样子有着日本式的礼貌,跟那只杯底有樱花的水杯很配呢!作为一个有着轻微洁癖的医生,他无法容忍自己面对浓妆艳抹的年轻姑娘,她们让他无法不产生不洁的联想。今天为他洗头的男孩子脸上则爆着红亮的青春痘,但洗头的手法很娴熟,按压头皮时指劲儿恰到好处。陈皓心里感慨着"年轻真好",联想到自己手下的几个小医生,平时无论接诊还是查房,总摆出一副盛气凌人的模样,面对病人更是缺乏最起码的尊重,真纳闷他们的优越感缘何而来?其实医生与服务员实质相差无几。他自己为什么就一直能够那么彬彬有礼,讨人喜欢呢?说到底还是个人的素养好,情商高吧!

这里自然也难免遇上浑身珠光宝气,待人颐指气使的顾客。但陈皓有办法避免这种不适——里面那几间狭小但高雅的贵宾室,就是为他这样的顾客准备的。他已经忘记是谁送的那两张至尊 VIP 卡,总之是他的手术病人的家属肯定是不会错的。他甚至在贵宾室里存放了自己爱看的书,但今天他没看,光顾用手机微信聊天了。

胸前绣着"帝爵"logo 的宽松袍子使镜子里的自己看起来有些可乐,也有些陌生。陈皓便将目光转向座椅一侧的透明落地玻璃窗——作为资深 VIP,在这个视野开阔的固定位置上享受理发的过程,他已经习以为常。外面已经不复刚才的暮色初上。鼻子底下,平日拥挤的公路此刻变成了一条明晃晃的车河,就像高温下的钢水一样,流淌,涌动。抬眼远望,世界已经凝成了一块墨黑底色的琉璃,在万家灯火的点缀下,通透又斑驳陆离,美不胜收。"琉璃"这个词突然挠了一下他的心尖,就像某个背影曼妙的女子,发梢被风吹起,轻轻拂过正好从旁边经过的他的脸颊……晚上他还有个约会。他赶紧收回目光,并飞速让这目光拐了个弯,将发型师从不远处的服务台钓了过来。

胖胖的、留着一字胡的发型师手里高举着一根烟走过来,亲昵地往陈皓嘴里一塞,弯腰给他兜了火。

陈皓深深吸了一口烟,同时挺直了躯干,使头部保持在水平位置,目光注视着镜子。一字胡开始摆弄他的头发。其实他的头发还不算长,但他就喜欢把头发剃得短短的、清爽利落,就算扣上紧巴巴的手术帽也显得特别有精神。一字胡已经不止一次夸他头型好了,圆中带方,后脑勺不扁不凸,头顶弧度恰到好处。"就算剃光头也具有佛相啊",一字胡每次都会用不由自主的夸赞口吻这样收尾,带着发自心底的真诚。这让陈皓没办法不受用。这也是他很少抽烟,但不拒绝一字胡敬烟的原因。

镜子背后坐下了一个女人。陈皓在镜子下的空隙处看到了她的脚,踩着一双淡咖色的高跟鞋,没穿袜子,纤瘦的脚背白得可以看到暗蓝色的血管,鱼嘴状的鞋头处露出几粒脚趾头,趾甲透着健康的粉色光泽。这女人的脚真美!她一定是个讲究生活细节的女人。陈皓不由得暗忖。几乎所有的理发店的镜子都是背靠背双面设置的,帝爵也不例外。镜子离地有几十厘米的空隙,那女人的脚很自然地呈现在他眼底,所以并不是他有意偷窥她的脚。不知怎么的,陈皓脑子里忽然就天马行空般地出现了"金莲杯"三个字。在《金瓶梅》里,西门庆最爱用潘金莲的红色绣花鞋盛酒来饮用,然后酣战;汉成帝刘骜不举的时候,唯独握着赵合德粉嫩的小脚丫才能重树男儿雄风,像吃了春药一样勇猛……浮想联翩的结果是,他的心头仿佛又被什么东西搔了一下,那痒痒像电流一样直窜到指尖,都烫了!定睛一看,原来是烟快燃到尽头了。陈皓赶紧把烟头丢了,正襟危坐,注视起镜子里的自己来——里面,一字胡正嘟着嘴在他头上细细地修剪,动作很小心,像一名尽职的园丁侍弄名贵花草。镜子背后,传来吹风机的声响。

陈皓暗暗吐了一口气,然后屏气凝神,开始集中注意力思考一些事情。

已经仲春了。这种季节,人容易懒洋洋的。陈皓整个人很快就松懈下来。若有若无的风不时飞过来,带着洗发水的香,还有微微的热,一小阵一小阵的,凌乱、不定,是那边那个女人在吹头发——不知道这里面是否也包含了她的发香?抑或体香?陈皓又有些心猿意马,调整了一下坐姿,身子往后靠了靠,视线抬高了一大截——他看到了她交叉叠搁着的小腿,那修长的小腿肚线条真是优美,还有那若隐若现的裙袂的边,是很雅致脱俗的豆绿色,跟她脚上的淡咖啡高跟鞋几乎是绝配。她忽然动了,变成了二郎腿,翘着的那条腿上,鞋子若即若离,半个脚后跟裸在外面,爱理不理的样子,又像个顽皮的孩子,小脑袋趴出窗户往外偷窥,可爱死了。他实在找不出更确切的词来,形容这种撩人的感觉。

那个琉璃,会有这么美吗?呃不,她,会有这等媚惑吗?他有些目眩神迷。琉璃是他的微信好友,是一个曾经的病人家属,旁系的,被陈皓对病人离院后持续不断的关怀所感动,主动加了他微信。"我叫琉璃,是公认的佛家宝物。这听起来很玄乎,但实际上不过是水晶玻璃。"这个名叫琉璃的女子很会说话,率真、可爱、文艺,又善解人意。陈皓觉得,跟她交流能令自己愉悦轻松,就常常在值班时与她聊上一阵子。结果,越聊越觉得这女子不简单。陈皓觉得自己也算得上是万金油式的人物,没想到,天文地理、历史科幻、音乐电影、名家秘闻,凡此种种,那琉璃竟没有接不上的话题。他还记得,他俩曾像对课一样讴歌过他们共同热爱的书。他说一句,她跟一句,简直珠联璧合,天衣无缝——他说"李长吉为你呕心沥血",她答"苏季子为你刺股悬梁";他说"司马公圆木警枕",她答"匡儿郎凿壁偷光";一个说"你让洛阳纸贵",一个接"你让病蚌成珠";一个夸"你能退百万蛮夷",一个赞"你可熄大漠烽火";一个说"你不是财神,有人因你而富贵荣华",一个对"你不是瘟疫,有人却为你丧生灭族"……他渐感逼仄,来了一句"你清清白白",她却似乎还在兴头上,麻利地对接"你炳炳烺烺";最后他耍起了赖皮,来了句"你让我爱恨交加",结果她立马就来了句"你让我心驰神荡";他几乎黔驴技穷,以"我的书"外加一个感叹号妄图收尾,没想到她还要追过来三个字"我的爱",他于是投降,沉默间徒闻心跳如鼓,不敢再吱声。她也没再发话,却于几日后把他俩的这番精彩对话拷在一起,编成微信发给了他。他犹豫再三后,将其移存于手机便签内,得空时默默浏览,心中只有叹服。

"琉璃介于水晶与玻璃之间,比玻璃冷,比水晶暖;比玻璃硬,比水晶软;比玻璃通透,比水晶浑浊……真像我呀!"她仿佛也在渐渐沉溺,越来越流露出小女子的某些真性情来,比如忧伤,比如甜美——陈皓听过她发来的音频,是一首配乐诗朗诵:"你若是那含泪的射手／我就是／那一只决心不再躲闪的白鸟／只等那羽箭破空而来／射入我早已破裂的胸怀／你若是这世界唯一／唯一能伤我的射手／我就是你所有的青春岁月／所有不能忘的欢乐和悲愁／就好像是最后的一朵云彩／隐没在那无限澄蓝的天空／那么／让我死在你的手下／就好像是／终于能／死在你的怀中……"诗是席慕蓉的《白鸟之死》,背景音乐用的却是《梁祝》的小提琴曲,陈皓听了心头有种说不出的难过。手机对面却又传来琉璃那一声声呻吟般的呼唤,她叫"仲卿,仲卿,仲卿……"他知道她在学那只传说中的白鸟,就不吱声。结果,她又嘶哑着声音向他发出了询问:"陈皓,你是我的仲卿吗?"

那晚,陈皓本想回应她的。答应一声又怎么样?白鸟与仲卿本就是神话传说,更何况他对她是有好感的——那种心脏悬升起来摇荡的感觉骗不了人,琉璃却在他短暂的沉默中把手机挂了。那晚值班,陈皓失眠了。他深深自责,觉得可能伤到琉璃了。不料第二天一早,她就咯咯笑着来跟他解释,说自己喝多了酒,是在发酒疯,让他别介意。她当时应该还在床上,声音里头的慵懒听起来很性感。陈皓就直接说出了口。当时他正晨勃来着,一泡尿憋得慌,又不好意思打断对方。他突然就这样,亲口把自己之前一直保持的谦谦君子形象给毁了。但事态的发展却恰恰相反,两个人的暧昧居然就这样从这一刻开始了。

与琉璃神交越久,陈皓就越想一睹她的真面目。但他们两个谁都没有提出过要与对方视频聊天。这可能就是成年人与年轻人之间的区别吧。

"玻璃用手触摸是温的,水晶用舌尖舔触是冰冷的。你想知道琉璃的触感吗?"下午的微信上,琉璃这样问陈皓。他终于决定不再拒绝——见上一面又不会死!他微笑着,这样想。再说,她来都来了。"大不了,见光死。"手机暗下去,黑色的屏幕里映照出一张成熟而俊朗的脸。陈皓自信地冲自己笑了,"死的也只会是她,不会是我。"

"嗞嗞嗞",手机震动,提示有短信来了。他定了定神,掏出手机看,是妻子发来的,"晚上回来吃饭吗?"

他迅速回过去,"有个病人要抢救,不回来吃了。"

他起身去洗头,走回来的时候,忍不住朝那女子的方向看了一眼。她正侧着身子听电话,栗色的长头发遮披下来,没能看到她的脸,不过他听到了她的声音——居然是妻子!

陈皓惊呆了。他退到角落僵立了一会儿,挥手支走了一字胡,重新躲进了贵宾室。桌上还留着刚才的冷茶,他一饮而尽,坐下来抱住脑袋,任由一些尘封的记忆汹涌着将自己裹挟。他记起,他曾经陪妻子一起去买鞋,妻子坐在皮凳上试穿,抬头看他时那笑得一脸幸福的样子;他记起,自己捧起妻子那美妙的小腿,他的手指触摸到的她皮肤柔滑的感觉,还有她小巧的脚丫,珍珠般圆润的脚趾头;他记起,她的鞋码是35码,服务员说脚小的女人福气特别好……

"我真有福气!我是世界上第二有福气的人。"妻子曾经这样说,一边幸福地刮着陈皓的鼻子。

"什么?你才第二?那个世上最有福气的家伙是谁?我跟他拼了!"陈皓故意装傻,作四处搜寻状。

"当然是你喽!你娶了我,就是最有福气的人,难道不是吗?"妻子笑倒在他怀里。

他承认,那时自己的确是世界上最有福的人。好多次,他下手术台已是夜阑人静。当他拖着疲惫的脚步迈进家门,妻子已经趴在一桌子冰凉的饭菜旁睡着了。被开门声惊醒后,妻子总是第一时间先问他"一切顺利吗",得到肯定的回答后,才揉着睡眼去给他热饭热菜。当陈皓坐下来吃饭,她在他对面坐下来,看着他狼吞虎咽,眼神里满是温柔与疼惜。那时,妻子是爱他的。她说过,"我无法为你分担工作上的压力,更不能替你做什么。只能给你做好饭,照顾好你的家人。咱不奢望病人的感激,只要你平平安安。累点、苦点都没什么!"但这样的"好福气"似乎持续了没多久,妻子就渐渐变成了另外一副样子:"你为什么不接我电话?我知道,你不接就是在手术,不接就是在开会,不接就是有事在忙。可你真的有那么忙吗?真的就不能抽那么一分钟给我发一条短信吗?我只不过是想问你回不回来吃饭,我已经把饭菜热了又热、热了又热、热了又热。现在我已心力交瘁,饭菜你回来自己热。要不就吃冷的,好吧?!"她的声音变得歇斯底里,而他能做的只能是让听筒离耳朵远一点。

因为是医院的外科骨干,陈皓的手机24小时不能关机,下班休息也好,半夜在家睡觉也好,一个电话杀过来,立马就要动身去医院;休息日或者那些让人有所期待的节假日,往往被加班、值班所霸占;无论家庭聚餐还是朋友请客,他都无法确定,可能来,可能不来,更多的可能是中途被叫去了医院;有头疼脑热感冒这类小病,他都正常上班,因为对医生来说这根本就不能算生病。有一次拉肚子,他还坚持上手术台,结果止泻药服用过量,便秘了好几天。妻子心疼他,想让他请假。他告诉她,自己科室一个患胃癌的医生和两个挺着大肚子的护士每天都在按时上班,妻子也就闷声不响了。他每天绷紧了神经工作。尤其是上手术台,人命关天,不允许他出一丝丝的错。再说,现在医患关系那么紧张,他的助手就因为写错了病人的名字,招来一顿打……可以说,陈皓几乎将十分精力中的九分给了工作和病人,留给家人的却只有一分。他也知道,他让妻子受委屈了。因此,只要一有闲暇,他就会动用自己骨子里的浪漫和情调,百般弥补自己对妻子的冷落——陪她旅行,陪她逛街,同时他也更卖力地工作,以此来回报妻子的付出——病人家属塞给他的各种购物卡、VIP卡,他大都给了妻子……没料到的是,他的工作越出色,妻子的抱怨也越来越多。

已经忘记那是个什么节日了,可能是情人节,他回家照例很晚了,走进家门,看见妻子正坐在烛光摇曳却杯盘狼藉的餐桌前跟人打电话,情绪激昂,"……什么圣诞节、中秋节、清明节、结婚纪念日,各种节日都是浮云。你任何计划都赶不上他的风云突变,说闪人就闪人,说消失就消失……"妻子看到他,停止讲话,眼睛剜了他一眼,将桌上的半杯红酒抓起来倒进嘴里,又朝着手机嚷,"于是我就他妈的只有独饮一杯酒,独自向前走!"然后"啪"地合上手机,仰天大笑三声,"哈哈哈",擦过他的肩膀,摇摇晃晃地进了卧室,将门狠狠地撞上了。陈皓其实很想像往常一样隔着门哄哄妻子,没心没肺地给自己找个台阶下。但那天他实在太累了,他想先休息一下,再收拾一切。然而他身体一陷进沙发,很快就睡着了。第二天等他醒过来,妻子已经收拾东西回了娘家。

"当年真真说,嫁给医生多好啊!收入可观,还能照顾家人!我曾经也是这么想的,但现实呢?红包咱就不提了,也不希望你收,更何况病人送点水果你都要在科室分了!照顾家人,你照顾了吗?老婆照顾不好,爹娘照顾不到,还有我们的孩子……呜呜呜,我最需要你的时候,你总在病人身边,不是在我身边!你这男人我到底要了干吗?我现在发现我跟真真一样,就是太天真!"

陈皓明白她说的是那次,他带领着所有的科室人员全力抢救一个病人,奋斗了整整一个通宵,可病人还是离世了。这种竭尽全力却还是无能为力的挫败感,让他身心俱疲。他靠在手术室的座椅上,闭目思索着死神的强大和医学的无力。突然一激灵,他想到了什么,摸出手机来看,里面有三十多个未接电话。等他赶到妻子身边,她已经躺在另一家医院的病床上,挂着点滴,脸色苍白如纸。听见他的声音,妻子浑身哆嗦,紧闭的双眼里泪水奔涌而出……他们的孩子流产了。陈皓只有跪在妻子床前,紧紧搂着她,鼻子发酸,身体也发酸,心里更酸,太多的歉疚、太多的委屈交织在一起,他却一个字也说不出来。

那一回,妻子很长时间没有理睬陈皓,开口跟他说的第一句话是:医生真的是个让人难以体谅的职业,她后悔嫁给陈皓了。陈皓只有苦笑笑,竟无言以对。

那个冬天来临的时候,他天天穿着妻子专门为他定制的绛红色厚羊绒衫御寒,却还是觉得冷。而以前他觉得这件羊绒衫多么温暖,穿上就像怀了一把火;他也以为这种感觉永远不会淡去,就像他跟妻子之间的感情。然而,有一天早上,他无意间发现这件羊绒衫竟然破了个洞,就在靠近胳肢窝的地方,像一个突兀的果核。这个破洞是什么时候出现的,怎么弄破的或是蛀破的,他一点也不知情。虽然穿上后也看不出什么,但他还是感觉很别扭。以后穿上这件羊绒衫的时候,他再也没有脱下过外套,仿佛一不小心就会被人窥见这个掩藏在角落里的漏洞。

桌子对面的博古架上，一尊流光溢彩的祥云琉璃摆件吸引了他的目光。他蓦然回想起，一次去山东淄博参加学术交流大会，最后一天安排去博山参观那儿的古法琉璃工坊。那些五颜六色的人造水晶在一千多摄氏度的高温下煅烧，最后却冷凝成了晶莹剔透、光彩夺目的琉璃工艺品，他的心情久久难以平复。婚姻就是熔炉，难的是负重前行的同时，还要做个乐观主义者。或许，爱情已经千疮百孔，但生活依然得继续。苦也一天，乐也一天。陈皓自然愿意选择更愉悦的一种方式来度过每一天。他希望，自己能够被灼热的生活烧成琉璃，而不是化为灰烬。不是说距离产生美吗？那就和妻子拉开距离，加班不回家，值班也不回家，还可以美其名曰"你又不用做饭了"……而妻子的冷淡也与日俱增，做爱早已成例行公事，昔日电话里的甜言蜜语也消失殆尽，通话内容变得极尽简短，比从前发电报有过之而无不及。

而那个名叫琉璃的姑娘，大约就是在这个时候出现的。她是那么的善解人意，陈皓忍不住被她吸引。家里没有了暖意，眼里就不能有春天了吗？陈皓自诩是热爱生活之人，他知道保持自己活力的重要性。刚好科室新来一个小护士，很漂亮也很风骚，被陈皓所吸引，热烈而直接地向他投怀送抱。陈皓当然不会喜欢这种肤浅又稚嫩的女孩，给她取了个外号叫"一枝花"，回家还当作笑话讲给妻子听。不料妻子却起了疑心，在某天他值夜班的时候拎着一桶小馄饨突然就敲响了房门。不明所以的陈皓正感动于妻子突如其来的爱心，她却忙着又是掀被子又是探床底。陈皓这才明白，她是特地来查岗的。哑然失笑之余，他故意严肃地板着脸说人已经跳窗跑了。她恼羞成怒，面部肌肉抽搐了几下,气咻咻地摔门而出。陈皓默默地站在原地,没有追出去,心想,"我有这么龌龊吗?"那句本来徘徊在嘴边的"对不起",随着一勺凉透了的馄饨被他一起吞下了肚子。清者自清,就像琉璃,再怎么花哨,却通体透明。

那天深夜,琉璃发来微信的时候,陈皓手边的报纸正好刊登着一个特立独行的女教师辞职去看世界的消息。他就借题发挥,说自己不堪重负,特想来一次说走就走的旅行。琉璃答道:"那你就当蒲公英吧,我吹一阵风过来。风一到,你就走,想飞哪儿飞哪儿!"这一瞬,陈皓的后脖颈"唰"地掠过一阵凉意。他承认自己真的动心了!在极力克制住自己表白的冲动之后,他跑去盥洗室用冷水浇了一把脸。但回到值班室依然像只困兽,面红耳赤,呼吸粗重。在几乎把头皮挠破之后,他决定看书来转移自己的注意力。简易书柜里,大多是医学方面的专业书籍。好不容易瞅到一本不是的,书脊上的标题很长,等他揪出来凑近细看,马上又有一瞬间的愣神,脸上顿时火辣辣地烧——《哪里有抱怨哪里就有机会》。随手一翻阅,里面写的是马云的创业经验,此刻却像是上天有意安排好来嘲讽他的——婚姻漏洞百出,琉璃乘虚而入……马云创业真的很有智慧,但是马云的智慧救不了他马蹄般哒哒哒狂奔的心。

那晚,躺在值班室狭小的行军床上,陈皓于半梦半醒之间竟感觉到有人在往自己的耳朵眼里呵气。那气流暖融融的,如兰似麝,直往陈皓心里头钻。更可怕的是,他竟希望那人是那个名叫琉璃的女子。他想象她嘟着柔软的红唇淘气地朝他吹风,把他吹得心旌摇荡,浑身燥热。接下去迷迷糊糊入梦,却又看见自己在抽烟,很享受的样子。他在梦里也能想起,每次他手术成功或受到嘉奖,他都会梦见烟。点燃的烟,象征着他积极热情的一面。虽然袅袅而起的烟气有些朦胧,但这可能象征着精神层面上的某种升华。那是他对自我和内心纯洁的追求。那一整夜,他辗转反侧,根本无法睡安稳。

"滋滋滋",手机发出提示音。是琉璃。他点开来看,一张照片跃入眼帘,是琉璃的背影。她说她已经走了。"思来想去,还是不要见面的好。保持距离,才能保持彼此最完美的想象。"霎时,酸楚、感动、遗憾、庆幸……一股脑儿涌上心头。心怦怦剧跳,他起身抱着胳膊往返踱步,一边忍不住仔细端详起琉璃的照片来。那是个相当美好的女子,淡紫色小旗袍恰到好处地勾勒出她纤长的身线,黑长直发垂到腰际,玉白色的左耳露在黑发外,耳垂处挂下一线银丝,坠子是颗鲜红圆润的珊瑚。他身体里仿佛有涛声席卷而来。多么好的琉璃,她来过。但以后,再也不会消失。琉璃,果真不是俗物,也不是一般的俗人可以轻易拥有的。

多蒙上苍垂怜,伸出无形的手拯救了我,让我悬崖勒马!陈皓想着,同时深深懊恼。传说中的审美疲劳居然有如此巨大的杀伤力,竟使他没能一眼认出妻子来!又暗忖,更多的应该归咎于他们夫妻二人长期的隔膜吧!多久了,他已经习惯于无视她,更别提注意妻子是什么时候染的栗色头发!直到今天隔着镜子偷窥,呃,也不能算是偷窥,而是换一种眼光欣赏。今天——哦不,今晚——他突然有些兴奋,来得及,一定还来得及!往事历历,每一件都在证明一个事实,那就是——他一直以来都是爱她的!而站在她的角度想想,所有种种——她的无端猜忌,她的连环夺命call,她醉酒后的歇斯底里,她的夜半突击,无一不在诉说着她对他的爱之深!失去腹内的孩子让她心碎,他的冷漠使她心寒,爱之深就这样慢慢转化成了恨之切!他的鼻腔和眼眶热辣辣的。把眼泪憋回去的一瞬间,陈皓又猛然记起,今天是他们的结婚纪念日!妻子可能就是为此特地来做头发的!多好的妻子啊!受了这么多的委屈,还一直默默隐忍!陈皓心里涌上更大量的自责和惭愧来。不能扫她的兴,绝不能扫她的兴!

打定主意后,他悄悄跑出帝爵,在旁边的花店里飞速买下一大束玫瑰花。然后把花藏在身后,绕了个圈子重新在镜子前坐下。还好,她丝毫没注意到他。他感觉到自己背上正渗出汗来。一字胡又过来了。他开始给陈皓吹头发(其实头发早已经干了),问他长短合不合适、鬓角是不是够妥帖。他点点头。他不发出声音,免得让妻子听出来。他猜她现在心里肯定有点失落。他要给她一个惊喜,等她做好头发,他就从镜子前突然现身,把玫瑰花献给她,然后将目瞪口呆的她拥进怀里,温柔地看着她的眼睛对她说:"亲爱的,今天是我们的结婚纪念日,你瞧我俩多么心有灵犀,都撞在一起做头发了,本来想回家给你一个surprise的……"想象着这温馨感人的一幕,陈皓的嘴角不由得上扬,眼睛都湿润了。

这时,从镜子背后传来他妻子的声音:"嗯……你过来吧,他有个病人要抢救……嗯……哎呀!你又不是不知道,他抢救病人从不回家的。"这娇憨、甜蜜、无所顾忌的声音像晴天霹雳,更像一把尖刀插进了陈皓的心。眼前的世界变黑了,金星乱冒,一股腥甜涌上喉头。他觉得自己就要喷出血来,然后像一堆狗屎那样瘫倒在地。

"不,一定不是真的!一定是错觉!她不是这样的人!"有个声音在心中嘶喊,陈皓的双手死死掰住座椅的扶手,以控制住自己的身躯,而不至于冲出去。她这是有多恨我?她是在报复我吗?!他蓦然想起,这仿佛是上天对他的惩罚。那次流产后妻子一直都没有再怀孕,她多次想和他一起去寻医问药,他却觉得孩子的事情应该顺其自然,而不用刻意,因此也没把妻子的渴望放在心上 —— 最主要的,是他没空陪她去外地求医啊!就是这样,她一定心生怨恨了,但也不至于如此恶毒吧!

鬼使神差地,陈皓居然回忆起了那个片段 —— 阳春三月,草长莺飞,他与妻子一起去踏青。那是市区南郊的一座小山,山坡上的松树和香樟正青翠生香。坡上满是铺天盖地的青草,像一张铺了青丝绒被的大床。他们自然而然就在这柔软的"大床"上躺下来休息了。妻子枕着他的腿,他轻轻抚弄着妻子黑色瀑布般的秀发。啊,那时她还留着一头浓密的黑色长发。许是春日作祟,摸着摸着,他就有些激动,"我们要个孩子吧!"将妻子抱起来,他开始吻她……然后,眼前又出现了娇羞的妻子,她摸着肚子柔柔地告诉他:"我怀孕了,你要当爸爸了!"他惊喜万状,跪下去将脸贴在她平坦的小腹上。她的手指就那么自然地插进了他的头发。他还记起有一次被患者辱骂,妻子心疼地捧着他的脸,拿美丽的双眼瞅着他。她说:"我累点、苦点都没什么,只是你一定要好好的。因为我会原谅你,而病人不会……"

"我要原谅她。无论如何,我都不能没有她!"陈皓下定决心,深吸了一口气,站起来,捧好玫瑰,刚向前迈了一步,就听见妻子在高喊:"过来,这边!"

他讶异地看到,门那边进来一个瘦高个儿。陈皓使劲揉了揉双眼,才看清那人原来是妻子的闺蜜真真。

木头说

一

那天,我正迷糊着犯困呢,忽然,一声悦耳的轻叹传进耳鼓,"好香啊!这刨花!这木屑!"接着,我看到虚掩的屋门被"吱嘎"一声推开。阳光像扇面一样在地上展开,带起一阵轻尘乱舞。随着一个轻快的身影靠近,我腾云驾雾般一晕。等彻底回过神来,发现自己已被搁在一个玉白色的手心中央,一双黑得出奇的眼睛正满含惊喜地端详着我,一张涂成玫瑰色的双唇正张成"O"型,朝我吐气如兰。

很快,我听到我的主人董大山仓促的脚步声穿过天井匆匆而来。大约半小时前,他依依不舍地把我放下,去厨房烧饭了。这是规律。再过一刻钟,他的老婆秀儿和儿子小山就要回来吃饭了。

"师傅,这小疙瘩是红木吗?现在这种红木是不是特别贵?咦,这纸上画的就是你雕刻的图样?是你自己构思的?美术功底很不错欸!嗯,我猜猜,这荷叶,上面趴着一只螃蟹……你的这件作品是不是打算取名叫'和谐'啊?"

这个说话像连珠炮一样的女子,身上套一件沾满颜料的烟灰色风衣,单薄、瘦小,脚上的鞋子一个红一个绿,仿佛是不小心穿错了。她说她叫陆乙一,来这个美丽的小山村写生,中场休息准备去吃饭,路过我家门口,闻到木料散发的清香,便被吸引进来了。

估计是因为头一次见到女艺术家,董大山面红耳赤,搓着双手,说不出一句完整的话。他说:"这不是红木,叫沉香木。贵,很贵,贵得要死!它是香的,你闻闻?它可比什么小叶紫檀之类贵多了!就是太小太难看,我琢磨了好几个月呢,才胡乱画了这张图样。你,你实在厉害,一下子就把我想说的东西说出来了!"

于是,陆乙一将我放到鼻子底下去闻。她的鼻头小小的,很圆润,呼出来的气息让我搞不清这是她的香气还是我自己身上的香味。"嗯,是有一点香,淡淡的,很好闻。"她半闭着双眼道,一副很享受的样子。

如果不是他俩讲起,我都快忘了自己是一块沉香木。我是被从一把雕镂着繁复花纹的仿古太师椅腿上锯下来的。买主验货的时候,在椅腿近底处摸到一个坚硬的凸起。这凸起使这把金贵异常的椅子不再完美。聪明的厂老板最后让人把椅腿同步锯短了一截。哦不,只能说是一层。而我就是身上带着那粒凸起的小木块。锯椅腿的工人极解人意,锯得尽量薄而细致。那工人就是当年的雕刻学徒工董大山。

在人类眼里,我身上那粒圆圆的凸起就是一颗丑陋的、亟待剔除的瘤。只有我知道那是一个小伤口——伤口可以愈合,但永远是伤。我用了很多年,才用自身分泌出来的浆汁将其包裹、封存成了现在的样子——它像一颗珍珠,是岁月馈赠给我的礼物。在董大山家暗无天日的抽屉角落,除了不断瞌睡和应对偶尔前来骚扰的蟑螂和蠹虫(我身上散发的香味曾使它们全体销声匿迹,但天长日久,我的香味寡淡了,它们的胆子也越来越大),我一直在回忆那个伤口的来历。但毕竟时间相隔太久,我已完全想不起它究竟是怎么来的了。我以为,我的余生将在这样的寂寥中沉溺度过。却不料,三个多月前,董大山把我取出来,照着一张图稿开始了精雕细琢。重见天日的我,对着每天都不一样的自己,又有了迎接新生活的勇气。

现在,我躺在陆乙一的手心。她把我称作"艺术品"——我最厚的地方是荷叶羞答答的卷边,最薄的地方不仅叶脉毕现,还钻磨出了一嘟噜深浅不一的小洞洞,逼真得仿佛那只啃咬的小虫子等下还会回来;对于我那颗硬瘤雕成的栩栩如生的小螃蟹,陆乙一夸赞董大山就是个天才,"但是,假如换作我,我就让它这样保持原状,荷叶上滚动着一滴水珠,多美!"

董大山听了这话,愣了半晌,才讷讷道:"可是,你不知道,我为雕刻这只螃蟹,用坏了多少把刀……"

"哦?是吗……"陆乙一若有所思,低下头用纤瘦的指尖将我轻柔地捻了几圈,又放到鼻下去嗅,抬头已是笑容灿烂。"如果去参加官方的展览或比赛,倒是真心不错。嗯,那就继续'和谐'罢!"说完,就把我放进了董大山手里。这时,秀儿回来了。陆乙一没有接受董大山的邀请留下来吃饭,给了他一张自己的名片,就告辞了。

晚上睡觉的时候,董大山举着我对秀儿说,陆乙一真不愧是艺术家,瞧这名字取得多好,"和谐",而他就是挤尽脑汁也想不出这么贴切又吉祥的名字来。秀儿听了,把脊背对着老公说:"我觉得那女人有病。瞧她那脸色,都是灰的!"董大山沉默了一小下,"嘿嘿"干笑了几声后便不再言语,只在灯下细细抚摸着我,厚厚的嘴唇不时因抿紧而绽出笑意。就在我几乎快要睡过去的时候,眼前猛一黑,然后感到窒息——原来是被秀儿一把夺去塞到枕头底下了。

二

第二天,做完晚饭,董大山便将我带在身上,迈着方步出了门。没走几步,迎面就是一个明镜似的湖泊。水光潋滟,碧如翡翠,湖周巨树如荫。时值黄昏,落日的余晖穿透树叶的缝隙照在湖面上,成百只不同羽色的飞鸟像精灵在欢鸣、跳跃,那闪烁的光斑把湖面点缀得壮观异常。啊,真是个画卷般令人沉醉的小山村!

来到一幢小别墅前,董大山推开了虚掩的雕花铁艺大门,只见院里竹影婆娑,花木扶疏,假山高耸,曲径通幽。可惜的是,假山少了流泉,旁边还堆满了乱七八糟的杂物。一个戴眼镜的大个子男人闻声而出,手里举着锅铲,一边连续不断地打着大喷嚏,眼泪鼻涕稀里哗啦地。董大山喊了一声"裘村长",恭敬地将我用双手呈了过去。眼见那裘村长抹过鼻涕的左手径直向我伸来,董大山敏捷地将我移开,使我幸免于难。

裘村长从喉咙底下发出两声略带尴尬的笑,右手依旧保持着举锅铲的姿势,左手托起厚厚的镜片,让目光从后面滑出来,在我身上淡淡地一扫,"不错,还不错。就是小了点。"说着,他五官扭曲,一个巨大的喷嚏差点劈头盖脸打到我。董大山又一次将我及时地收进了手心。

"没事情了？那我进去了，灶上正炒辣子鸡呢！"

"呃……裘村长。那我，我以前放在你这边的那些东西呢？你，你说带去给你战友去，去看看的……"董大山一着急就会有点结巴。

"哦，在呢！就在假山旁，竹丛下的那个蛇皮袋里。前段日子我家老太婆找柴火，差点整袋拿去烧火，还好被我拦下了。死老婆子真没眼力见儿。那柄如意，她居然以为是老藤。哈哈……"裘村长说完就转身进去，又很快出来，换了个促狭的表情说："你上次抓的野生黄鳝不错，我吃了有劲儿，老婆喜欢！嘿嘿……记得下次再给我弄几条来！"门关上了，里面又传出他大声打喷嚏的声音。

董大山呆立在原地怔了一会儿，才发出一声喟叹，转头去竹丛下找到那只脏得不成样子的蛇皮袋，拎着离开了。回家的路，他走得很慢。他身后，天色渐渐暗下来，山脊的曲线嵌在墨蓝的天幕上，像镶了一道柔软的木耳边；湖畔，树木成了黑黢黢的剪影，群鸟无声无息，不见影踪，谁家的灯光透出来倒映在湖面上，又跳进董大山的眼睛里，亮起点点昏黄；偶尔传来几声犬吠，使小山村的夜更添几分宁静。

过了几日，董大山借带儿子进城买书的机会，去见陆乙一。从新华书店出来，他问了好几个路人，才找到她开的画廊。门关着。幸亏手机是通的。董大山在门口等了半天，她才姗姗来迟，一边开门一边哈欠连天地连连道歉，说她日夜颠倒，已经习惯了。那天的陆乙一格子衫、牛仔裤，素颜，嘴唇毫无血色，漆黑的眼睛看起来更大，跟初见那日判若两人。

董大山目不转睛地看着陆乙一进门后，又是整案几又是擦桌台,直到她说了两遍"请坐",拎起水壶想去烧水,才如梦初醒般阻止了她,并解开了随带着的蛇皮袋。里面的东西一件接着一件被他捧出来:老树根雕成的济公,毛竹根制成的钟馗,盘踞着梅枝的竹笔筒,粗藤做成的如意,胖脚丫形状的溪滩石上面趴着一只知了……每捧出一样,陆乙一就大赞一回,同时为这些作品取起了名字:"这个叫'称心'好吗?'如意'太俗!这个就叫'知足'吧?多贴切啊!嗯,济公还叫'济公'!钟馗这个取个'怒目'怎么样?……哎呀,这笔筒好雅致,叫'梅花瘦'好不好?"她又批评董大山,不该把这些艺术品如此乱塞一气,"它们是应该被陈列在艺术馆里供人观赏的!"最后轮到我被掏出来时,陆乙一正一手捂了嘴,一手捧着"梅花瘦"痴痴看着。只见小巧的笔筒外壁上,疏密有间的梅花正在怒放,梅枝清瘦却虬劲有力,独特的透镂工艺使这梅花仿佛正往外吐出寒冽的清香……她的眼里竟噙着晶莹的泪花。董大山则像个犯了错的孩子,举着我不知所措。

"噢,我见过这个。"看到我,陆乙一放下笔筒,将我接过去捧在手心,先深深一嗅,再拈于指尖细细端详。她的视线跟上回一样,明亮而温暖,令我莫名欢喜。

"真好!荷叶和小蟹。嗯,记得你叫'和谐'。"她对着我说。接下来却开始走神,目光穿透了我,滑向未知的境地。她仿佛陷入了某种遐思,嘴里低喃出一句诗样的话来:"露珠落在荷叶上,我的耳边就响起牧童的短笛……"半晌,她收回目光,像梦醒了一般,望向董大山:"哦,董师傅,还有其他作品吗?"

傻在一旁的董大山闻言如获大赦,拍遍全身上下,最后从贴胸口袋里掏出一件用白色绵纸包裹的小东西,慢慢打开,

"哇！海的女儿！"那是一枚拇指大小的苏州橄榄核，一头被雕刻成花纹绮丽的鹦鹉螺，而另一头，一个西洋女孩儿正探出她赤裸的上半身来——那金色的发丝，那立体的五官，那羞涩的笑容，那浑圆挺拔的乳房，无不精巧入微。陆乙一好看的眼睛里再次盈满了亮亮的泪水。

"相信我！我有许多艺术界的朋友，我要向他们推介你和你的作品。我相信，他们，哦不，所有的人都会知道你，并像我一样赏识你。"董大山离开的时候，陆乙一紧紧握着他的手，注视他的目光殷切而坚定，"雕刻水平比你好的人我见多了，但是创意有你这般新颖独特的，不多！你是不会被埋没的！我看好你！加油！"

三

董大山回家后，就多了一个自言自语的毛病。那段时间，他正在雕刻一组黄杨木屏风，主题是"两个黄鹂鸣翠柳，一行白鹭上青天"。他会突然停下手中的活儿，把我从口袋里掏出来一个劲儿地瞅。然后，念叨着"伯乐啊！伯乐！"兀自傻笑一会儿再放回去，如此再三。我还听到过他做饭时也在低喃"小陆你是我的伯乐"，结果几次把盐当成了味精，把酱油当成了醋。晚上睡觉前，他喜欢在床头灯下久久欣赏我。老婆秀儿揶揄他，想陆乙一了吧？他就"呵呵"干笑几声，搔搔微秃的头顶，然后小心翼翼地将我平放在枕头边，闭上眼睛装睡了。

这天吃饭，他让儿子小山从他班主任处把以前送的根雕作品《屈原》讨回来，"以前觉得这不过是从山上捡的烂树桩子，随意雕琢几下而已,既然老师看见喜欢,送了就送了呗……没想到,我现在越来越觉出那根雕的好处来了!不仅形似,还特别神似。那束冠,一看就是屈原啊!还有那衣袖上的褶子……哎呀,怎么会这样呢?"

没想到小山却一口拒绝了,说送出去的东西再去讨回来,也不嫌丢人。叛逆期的孩子,说话冲得很。董大山气得脸都白了。他把饭碗一顿,狠狠瞪了儿子一眼,然后把目光投向老婆秀儿,期待她能出声支援一下自己。结果,秀儿的眼睛看都不看他,低着头只顾往嘴里扒拉饭粒;好不容易开了口,一张嘴,说出来的话更甚,她说:"老师又不是陆乙一。莫说不知道是否还留着那东西,说不定,老早当柴火烧了呢!"董大山听后,脸色由白转红,又红红白白了一阵子,胡乱将最后一口饭吞下,就闷声不响了。

只是,从第二天开始,他撇下手里应做的活计,像着了魔似的开始用一把极小的锉刀锉我身上的小螃蟹爪子,爪子慢慢没了。接下去,他又开始锉螃蟹的身子。最后,小螃蟹完全消失,变成了一滴圆滚滚的小水珠。然后,有一天,他独自一人来到车站,托进城的人把我和其他艺术品们一股脑儿捎给了陆乙一。我被放在最上面,身上裹了张白纸,上面歪歪扭扭地写着三个字:送给你。

陆乙一收到东西之后,一个人一件一件来来回回足足欣赏了大半天。到了晚上,她就一直把我捧在手心,盯着我看。她看我的眼神很专注,让我感到里面有许多要紧的内容。但仔细朝里辨认,又什么都没有,只有一股像水一样的柔情从眼神里流泻而出,清凉而纯净,让我不想抗拒而任由其渗透,直达心底。

陆乙一跑到市郊,费尽心思寻到一蓬野麻,采了几茎麻秆回来。她又撕又扯,又搓又编,还用不知什么液体浸泡了一番,最后,终于捣鼓成一根韧性十足的细麻绳,穿过我身上一个小小的"虫洞",将我挂在了她脖子上。

说实话,离开董大山之初,我是有些不习惯的。我在他温暖而粗糙的大手上辗转了将近大半年,完成了从一块粗糙不堪的废木料疙瘩到一件风采出众、意味丰富的艺术品的华丽变身。尽管精雕细琢等同于千刀万剐,但倘若没有这些刻骨的疼痛,何来今天的我?可以说,是他造就了我,给了我生命。所以,我躺在陆乙一香喷喷的手上,就会忍不住想起董大山手上湿漉漉的汗味,心思也会从陆乙一欣赏的目光飞出去,直到跨进董大山看我时那专注而深情的目光,还有他脚边烧得旺旺的、暖暖的炉火……

陆乙一晚上睡觉也不摘下我,而是喜欢将我搁在双乳之间。她先用整个手心覆盖着我下意识地摩挲又摩挲,接着用她的十个指尖挨个儿捻摸我身上那颗圆圆的水滴,许久后才沉沉睡去。她的乳房扁平而结实,身上传递出一种女性特有的细腻的、完全不同于董大山的体香。这种味道让我觉得温暖又幸福,这种抚触也使我好舒服。我知道自己正变得越来越温润油亮,那是我吸收了她肌肤分泌出来的油脂的缘故。同时,我也因她体温加热,散发的香气愈发浓纯,那是我早年吸收大自然的精华和灵性的缘故。陆乙一也愈发珍爱我,给董大山打电话,说我"散发着一种鲜见的纯净而厚重的气息,越来越好闻",可以养气安神,对她的睡眠很有帮助。

在一个月光浸洇着床幔的夜晚,我听到她的心跳时而缓慢、时而激越,像是我记忆中的海,平静下掩藏着巨大的汹涌——我感到奇怪,正努力回想自己的记忆中为什么会有海,却陷入了疲累的梦乡。我做了个梦,梦见自己活了,像是碧玉盘摇曳在风中,红蜻蜓、金龟子、小螃蟹们都落荒而逃,我身上那颗水珠明明在滚动,却怎么摇也不落,反倒带着一种金属的质感,仿佛在忠诚地守护着什么……一只青蛙跳上来,"呱呱呱"地告诉我,那是我为情人流下的眼泪,怎么可能会掉呢!

醒过来之后,我试图再次从记忆深处搜寻关于海或者我的情人的蛛丝马迹,但终究没能想起这二者的一鳞半爪。可能这是比我老很多的时间老人替我做出的决定,就像我年轻时候的伤疤渐渐被身体吸收,成为自己的一部分,曾经的伤痛也随之消失,爱、恨或者记忆,就这样消散在广袤无垠的时空中……然而,我反观了一下身上的水滴,却竟然比之前更晶莹剔透了呢。

四

陆乙一的画廊卖画,她也自己画画。她画水墨的时候不多,且一画就出神,回过神来后的第一件事就是往一旁的空白稿纸处涂鸦。几个词,或一句诗,催命符一般,乱七八糟,不成章法。最后收拾整理,她会痴痴地盯上一会儿,表情时而甜蜜,时而惆怅,多数时候更像是在辨认字迹,但却又不像。因为,这时总会有眼泪"叭叭"掉落在上面,字迹洇开后变得更模糊。到最后,她将这些纸狠狠团起来,扔进废纸篓。

她画油画却恰好相反,很投入,往画布上填刮颜料时,手里攥着油画刮刀像是要跟谁拼命,一副杀气腾腾的表情。她作画喜欢一气呵成,有时候连饭也不吃,水也不喝,不要命了一般。她的水墨画上全部署名"陆小二"。这个可以理解,"乙"不就是"第二"的意思嘛!但她的大多数油画作品上却署名"何念"。我猜想,这可能是她的别名吧。

跟其他店面的门庭若市相比,陆乙一的画廊门前可谓人少马稀,但她仿佛不以为意。一作画,她就往玻璃门把手上挂一块"请勿打扰"的牌子,直接将门反锁。得闲的日子,她就坐在里面听音乐、翻书、发呆;有人进来,她也不搭话;人家问画的价钱,她才给个数字,说一不二;倘若有人还价,她微笑摇头,却再也不开口,直到人家掏钱或者识趣离开。

因为董大山的作品,来她画廊的人多了些,大多还是她打电话邀请来的。所有来人都对这些作品大加赞赏,却没有一个真正掏钱买的。可能陆乙一要价太高,也可能她压根儿就不想它们被买走。但她给董大山打电话,谎称已经卖掉了"梅花瘦"。然后,去信用社往他的账户里汇了两千块钱。

过了几天,董大山居然不请自来了。他手里拎着一个大红色塑料桶,上面盖着尼龙布,很神秘的样子。那日,天气有点阴冷,将近九点了还不见太阳的光芒。他身穿厚棉袄,下面的阔腿卡其布工作裤上还留着可疑的泥污。他一见陆乙一就说,钱已经收到了,他非常感谢,并问是不是卖得太贵了。陆乙一却连连说着抱歉,因为她觉得在她眼里它几乎是无价的,它也完全可以卖一个更高的价,但是……她没有说下去,但是苍白的脸却泛起了红潮。"中午一起吃饭吧。"她最后这样说,用很诚恳的口吻。董大山像受了很大的惊吓,连连摆手:"我得赶班车回去!可能来不及为老婆儿子做饭了呢!"他将手里的塑料桶往她面前一放,说了句"补补身子",就逃也似的走了。陆乙一惊愕地目送着他远去,然后小心翼翼地掀开那层尼龙布。只见里面好几条黄鳝正纠缠着不断扭动身子,很粗壮,活泼泼的。

陆乙一定了定神,盖好布,起身,思索了一番后,一个键一个键拨通了一个手机号。"喂,晚上在的吧?我有事过去找你。"

晚饭后,陆乙一把董大山的作品用上好的宣纸一一包好,小心翼翼地放入一个大布包后,去了一个高档住宅区。她要找的人应该是位古董商,店铺开在住宅楼里,隐蔽得很。但一进去,就知道他的实力不小。里面装潢得非常雅致,无论桌椅还是博古架,跟精心布列的古董相得益彰,透出一股尊贵之气。

古董商一个人在,音乐低回,香雾缭绕,搞得很有情调。他看起来跟陆乙一很熟,一见她就张开双臂迎过来,嘴里说着"又瘦了!"想拥抱她。但陆乙一矮下身子从他伸开的胳膊底下钻过去了,并用嗔怪的眼神白了他一眼,说"这样不好!"径直走向香气袅袅的茶桌。古董商尴尬地咧嘴一笑,收起手势跨上几步从后面抱住了陆乙一的腰,将头埋进她的颈脖低声道:"又不是没抱过!"陆乙一挣扎了一下,没成功。她就将手腾出来,数摸起男人手腕上套着的几串不同材质的大小珠子来,好看的脖子却笔直地梗着,动也不动。

"别开你那破劳什子画廊了,好吗?我养你,你啥也不用做。乖乖的,给我好好养身体!住到我乡下的别墅去,嗯?当然,你想画画就画画,想干吗都行,就是不可以再这么辛苦。"

"哧!"陆乙一笑了,"毕业那几年怎么不说呀?"不等他答复,她马上又接下去,"哦,那时候穷,还没碰到你老婆嘛!"

"呃……你是了解我的,我只爱你一个人。"

"这些手串看起来价值不菲呀,送我一串?"

古董商立马像被火烫了似的松开了陆乙一,嘴里讨饶似的重复着"老婆送的老婆送的"。他绕过去从抽屉里拿出一串花花绿绿的东西,隔着茶桌递给她,"喏,这串才是给你的!上好的古货哟!听说戴了可以祛病养神。里面有一颗天珠,是特地为你新配的!"

"哈哈,这么好?不怕你老婆知道?"陆乙一接过来,看都没看就直接撸进了细瘦的手腕,"行啦,难为你,这么惦记我体弱多病……来来来,让你欣赏一下真正的艺术品!"

古董商一开始显然被董大山的作品吸引住了。尤其是那件"海的女儿",他上下左右端详了好多遍,还取出放大镜来看,完全是爱不释手的模样。可是,当陆乙一提出要把"知足""称心"和"海的女儿"一起放进他的橱窗展览时,他的脸色就变得不好看了。他把陆乙一领到橱窗前打起了哈哈,说不是他看不上它们,而是这些东西实在欠高档,他怕会影响到客户们的审美需求——那两排靠墙的橱窗内,上有冷光灯照射,下有天鹅绒映衬,大量精美的高档玉器正以峭拔的姿态居高临下地存在着。

"得了吧,审美需求,不就怕影响你生意嘛。你不就怕人家看到这么有情趣的好东西,不要你那些呆板无趣、千篇一律的机雕玉器了吗!"

估计是被陆乙一说中,古董商无言以对,只低了头嘿嘿赔笑,"呃,有机会倒是要请这位雕刻师傅帮我家里的几件古董做一下细节修复……"

"承蒙高看,到时再说!"

"你放心,有你在,价钱上不会亏待他的。"

"谅你也不敢从他身上刮皮!告诉你好了,我现在是他的经纪人,全权负责他的业务!"陆乙一嘴上如刀,眼神冰冷,脸上却挂着俏皮的笑容,把那古董商调弄得脸上一阵红一阵青。

陆乙一开始麻利地收拾东西,古董商扳着她的肩膀轻声挽留她喝一会儿茶再走。但陆乙一扭了下身子就将他的手甩落,却又抬头冲人家一笑,随即头也不回地离开了。

城市的街道灯火通明,霓虹灯不停闪烁,像是从来不曾歇息过。拐入小巷子,陆乙一的脚步明显放慢。泛黄的路灯下,她身后的影子拖得老长。小巷尽头有一块石板,可能是人家用来搓刷衣服用的,陆乙一仿佛走累了,一屁股坐上去,开始发呆。我能够感觉到石板的冰冷,那丝丝寒意像刺人的电流,通过她的血液一缕缕传递上来,渗入了紧贴着她的胸的我的心髓。夜雾迷漫了我的视线,我看不清她的脸,只能从晦暗的地面上勉强分辨出她的独影。不知过了多久,我听见她苦笑了一声,然后起身,将那古董商送的手串揪下来捏在手上,喃喃自语道:"谢谢你了。布达拉宫新塑的佛像想弄一颗天珠都成问题,你居然有办法为我搞了一颗天珠!我太他妈重要了!"一把丢进了一旁的垃圾桶,拍拍手走进了更深的夜幕。已是严冬,她的鼻息化成的淡淡白雾,还没成形就很快被寒意稀释得干干净净,又像是被一头怪兽一口接一口吞噬掉了。

五

　　快过年了,董大山又托进城的村民给陆乙一带来了新作品,是几枚佛像橄榄核雕。观世音菩萨慈眉善目,双眼微阖,意态安详,看着她,便觉得世界平和宁静;弥勒佛则憨态可掬,活灵活现,心情再怎么阴暗,见了他也会立马心花怒放……陆乙一惊叹之余,立马给董大山打电话,说决定为它们包装一下,高价出售,也好让他为家人多买点年货,给儿子包多一点红包。董大山高兴地在电话那头直说"谢谢,谢谢"。

　　陆乙一为这些吉祥物精心设计并制作了包装盒。观世音小雕件盒内附上她亲手抄的心经小卡片,弥勒佛则附上他化身布袋和尚时留下的大家都耳熟能详的偈语。雕件精致,包装精美,两者完美结合,品质便"出尘"起来,几乎眨眼就被抢购一空。这次,陆乙一是去邮局汇的钱,同时还给董大山寄了好几本关于橄榄核雕的书,是她特地去书店订购的。董大山收到后给她来电,说他非常喜欢那几本书,里面的内容对他帮助很大,他决定新挑几枚优质橄榄核,模仿明代的《核舟记》,雕刻出那种有画面感且能够活动的微雕作品来。陆乙一的答复是,不要老模仿别人,要自由自在地创作,尽情尽意地创作,这样才会出真正有意义的作品。最后,她说,还是那句话,我看好你!她边说边握了握拳头,像在为对方鼓劲儿。我屏气凝神地听着这一切,并强烈地感知到她的真挚和热切——那是一颗纯粹的良心,源于对艺术的挚爱。我猜电话那头的董大山肯定也跟我一样,正心潮起伏呢。

　　过了几日,董大山又托人捎来了他种的红薯和自制的粉丝、年糕与淀粉,还有几株新掘的冬笋,上头还沾着黝黑的土。那么多东西,巨大而沉重的一袋,陆乙一提都提不动,分了几次才全部搬到住处。晚上,她吃着蒸红薯,一边自言自语:"真是个傻瓜。那么多东西,我一个人,怎么吃得完?"然后眼泪掉下来,落进了盛红薯的盘子。外面的大街上,爆竹声零零星星的,年味儿已经浓了。

整个春节,陆乙一是在画画中度过的。清一色的水墨,秋江,秋山,秋月,秋苇,秋渚,满目凄灰的秋色,让我这个唯一的观众都几可断定,她的人生基调只有两个字——荒凉。再来看看她涂鸦的文字:秋意浓,情瑟瑟,爱苍苍,人唏嘘,心已殇……整个春节,她一闲下来就拼命往胃里塞各种好吃的,但整个人还是像一朵丧失了水分的花,丝毫没有起色——我明白,她的孤苦是从骨子里透出来的,任谁都无力改变,而我,一块木头,就算有心,甚至跟她夜夜贴心,又有何用?

转眼,又到了春寒料峭的季节。前一天深夜,来了一辆车,一个穿戴严实的男人搬走了陆乙一店里的大部分油画。后一日,她就捏着一份当日的报纸发了整整半天呆。我看到头版中间的一幅图片,一群衣冠楚楚的人站在一幢漂亮的大楼前剪彩,上面的标题写着:我市著名艺术家何念个人油画展隆重开幕。我很纳闷,她的画展,自己为什么不去现场?我试图从她的表情里看出一些端倪,但她只是面无表情地拿手指抚摸照片中一个男人的脸。我瞄了许久,只看清那男的有着一头过于浓密的黑发,面目却模糊不清。

过了几日,气温直线上升,春天的感觉越来越浓。那个上午,陆乙一接了个电话,她只说了两个字,"好的",整个人就魂不守舍起来。她坐立不安,不停地喝水,不停地上厕所,换了好几身衣服。最后,又换上了最开始那件长袖的格子连衣裙,外加一件米色的羊毛开衫。吃饭食不知味,好几次把筷子伸进了汤碗里。十一点半,她关了店门,出发去了一个地方。

那是一个公园的半山,环境幽僻,植株茂密,小路静谧,行人寥寥。明媚的阳光漏下来,地上像铺了碎金。她却瑟缩着肩膀,仿佛有点冷。在一幢外观简朴的房子前,她停下了脚步。台阶很宽,打扫得很干净,上面有几片刚掉落的树叶。她轻轻跷起脚尖上去,像是怕踩疼了它们。

到了窗前,她屏住呼吸,将脸贴了过去,朝里面看。我听到她呻吟一般轻叫了一声,将胸前的我紧紧握住,令我差点窒息。透过她的指缝,我只能看到她的双唇在颤抖。好不容易待她的手放松了些,我顺着她的视线往里面偷窥——透过窗帘的缝隙,一个赤身裸体的光头男人正在往一头塑了大半的牛身上砸泥块。是的,砸!他是那么用力,狠劲儿使他手臂上的肌肉都隆成了团;他的小腹前,阳具像一座塔,竖得笔直。他左手捏着一个扁扁的酒瓶,每扔一团泥,他就猛喝一口酒。然后,绕着泥牛转来转去,瞅准一个方位后,抓起泥,再狠狠地砸过去!我清晰地听见里面传出"砰——砰——"的回声。

当男人第三次转到硕大无朋的牛头下,陆乙一深吸了一口气,轻轻叩响了门。

大约过了两分钟(估计陆乙一和我一样,感觉那两分钟有一个世纪那么长),门开了,男人的腰间多了块白色浴巾。他一把就将陆乙一拉进了怀里。骤然的拥抱令陆乙一一下子全身僵硬,手里的袋子无声落地。男人的头俯下来,我闻到了浓重的酒气。

男人半拎半抱着将陆乙一带向屋角——在那地面上,铺着一块草席。陆乙一像是懵了,完全不知所措,神情介于顺从与矜持之间,不知道挣扎,更没有反抗。两个沉默的人互相撕咬着一起倒在了席子上。陆乙一很快被剥光。她努力想侧躺,以让自己的乳房显出锥形来,但男人一下子就将她捺平了。陆乙一的嗓子底下发出一声哀鸣,无地自容地闭紧了双眼。但他根本无视这一点,像一块厚厚的门板压下来。我听到陆乙一浑身的骨头发出"咔嚓"的脆响,人变成了一张薄纸片。可能是我硌疼了那男人,他一把将我从陆乙一身上扯了下来,甩向一边,正好落在他们脚旁边。等我回过神来,正好看到陆乙一的脚丫子像是不堪重负,十个脚趾头一下子全部伸开,张得老大,脚后跟在席子上蹭呀蹭,仿佛再动弹几下就要停止不动了……不知为什么,这时我突然想起董大山从溪滩上捡来的那块石头,像只脚丫儿,后来董大山粘了个石雕的小知了在上面,陆乙一为其取名"知足"。

陆乙一一开始有多柔弱,到后来就有多狂野;平时有多正经,眼前就有多风骚。而那男人,在她的千娇百媚之下,先前的傲慢和强壮都消失不见,只有一声声求饶般的轻唤。他叫的是"小二,小二,我的亲亲的小小二呀……"春风吹过,春意流淌,所到之处,处处开花。不得不承认,我是老了,我像是喝多了酒,在沉醉中昏然睡去了。

从公园回来,陆乙一像是变了一个人。她的脸上多了两团红晕,作画时会突然哼起小曲儿,并伴以谜之微笑。晚上睡觉,她翻来覆去地叹息。但我听得出来,那一声又一声的长吁短叹里,饱含着浓得化不开的甜蜜。有时候,她的身体里会出现一道热流,从下至上,贯穿全身,烧得我都能感受到那股无可奈何的炙热。她辗转、呻吟、激荡,良久良久,才能慢慢冷却。

六

这天,陆乙一大清早就出门,上了一辆大巴车。原来是文联组织了春游活动,美其名曰"支援乡村文化建设"。车上,书协、美协、作协、摄协的各路艺术家们都纷纷跟陆乙一打招呼,夸她气色奇好,打听她是不是恋爱了。她不置可否地朝大家笑笑,耸了耸肩,就坐到了一个单独靠窗的位置上。

冬天已经完全过去,空气里四处飘浮着甜甜的春日气息。车子迂回于高山与谷壑之间,不时有湖泊和草地画卷一般在眼前打开。车厢里静静的,仿佛一说话就会破坏车窗外的风景。陆乙一将脸贴在车玻璃上,阳光和山的阴影交替在她脸上一明一暗地滑过。但她眼睛都没有眨一下,视线飘得很远,很远,一颗灵魂仿佛已然出窍,但两朵漆黑的明亮却像随时都能绽放出笑意来。她需要很用力,才能制止它们长出翅膀飞出去。

抵达高高的山乡已近中午。明明出城时是大晴天,这儿却整个都笼罩在薄雾里。那雾像轻盈曼妙的轻纱凌空而降,如诗如画。一层层的梯田上,油菜花正在开放。遥遥望去,那绿的显暗,金色变淡,白的李花和粉的樱花如一抹抹霞彩,朦朦胧胧地晕染开来……艺术家们很快就融入了如织的游客之中,不见了踪影。陆乙一却独自拐进了一条小路。当一个明镜似的湖泊出现在我眼前,湖边绿树如云,我这才醒悟过来,这儿正是董大山的家乡。

没想到,裘村长也在董大山家中。他一见陆乙一,马上说:"你来得正好!你们何念大师点名要见大山,他还不肯去!你快帮我劝劝他吧!"陆乙一听到"何念"二字,双眉一跳,腑脏间像有音乐飘起。只见她抿着嘴朝董大山笑了,娇憨地发出了邀请:"去吧!这么难得。"

餐桌前,我再次见到了何念。如果不是陆乙一的眼光像突然被磁铁吸住,我还真不敢相信眼前这位就是那天那个浑身上下一丝不挂的男人。不同的是,今天的他黑发浓密、穿戴讲究,身上有一种古代江南士大夫的逸气,目光里却散发着一种淡泊而超脱的傲气。

陆乙一拉着董大山坐得离何念远远的,但隔着桌子又正好可以望见何念。客套过后,一大桌子的人开始轮流向何念敬酒,陆乙一也端着酒杯一步一步走过去。她离他越近,脸上的笑意就越近于愚蠢。在她走这几步路的时间里,周遭一片寂静,我只听得见她擂鼓似的心跳。何念注意到了这一点,本来温煦的笑容马上降了温。他横了她一眼——那双看起来很深邃的眼睛里,射出了两道凝滞的寒光。尽管何念的脸上随即又套上了笑容,但陆乙一的笑意却一下子僵在了脸上。她一仰头干了酒,掉头就回到座位上,垂下了头,并不自觉地将我握在了手心。她的手心湿漉漉的,全是汗。

乡村土菜很得大家欢心,几乎所有人都食指大动,除了董大山和陆乙一。董大山一直拘谨不安,屁股提起来好几次,端起了酒杯,又放下了。他是想去向何念敬杯酒,但又想得到陆乙一的支持。然而,求助的目光投了一次又一次,陆乙一就是垂着脑袋,一副心事重重的样子,迟迟不肯跟他的眼光来一次交流。

就在这时,突然有人端着酒杯从外面闯了进来,打着哈哈喊起"何大师"。

"哎呀!郑局长,你也来啦!"

"哦!不不不!我是副的,副的!叫我小郑,小郑!今天正好有公务要办,镇长客气,留我在隔壁包厢吃饭。听闻何大师率大部队在这儿采风,我赶紧过来敬酒!哈哈!借花献佛,借花献佛!"那人热情洋溢地跟何念握手,跟裘村长握手,跟在座的人一一握手。我注意到他手腕上套着的手串,才猛然记起这人是陆乙一的同学——那位古董商。原来,人家的真实身份是一位副局长。

陆乙一也笑眯眯地跟郑局长握手,并向他介绍了董大山。郑局长立刻竖起了大拇指:"真人不露相啊,董师傅!我见过你的作品,啧啧!"他把酒杯里的酒一饮而尽后,又转向陆乙一,"我跟乙一说过,有机会一定要请你去我家指导指导。"

说话间,裘村长已让人为郑局长新添了碗筷,位置安排在陆乙一左手边,又转向董大山说:"董师傅,你的作品先是得到了何大师的肯定,现在郑局长也这么夸你,还不快点跟两位领导敬酒表示一下?"

董大山咧嘴笑着,手里端着酒杯,却完全不知如何是好。这时,陆乙一一脸正色端起了酒杯:"在这个美丽的山村认识董师傅,是我陆乙一此生最大的荣幸。董师傅说过他不会喝酒,那就由我借花献佛,向各位领导表示衷心感谢!也请在座各位多多包涵、指点!"说着,一仰脖子满满一杯酒全倒进了玫瑰色的嘴巴里。

噼里啪啦的掌声里,何念突然发话了:"小陆,空着肚子喝酒不好。喏,吃一碗菜羹吧,垫垫胃。"随即,玻璃大转盘向陆乙一缓缓转过来,一小碗碧绿的青菜笋片羹正袅袅地冒着热气。

陆乙一眼睛盯着那碗羹,扬声说了句"谢谢啊!"便将它端在手里,埋下头,开始一勺一勺往嘴里填。我猜这青菜羹可能不好吃,难以下咽,她吃得面部扭曲,最后连眼泪都掉了出来,落进碗里。但她趁大家没看到,把它们全吞下去了。

在陆乙一吃菜羹的过程中,整场肃静,仿佛所有人都像被施了定身法,我甚至听不到他们的呼吸与心跳。蓦地,何念身上传出的手机铃声打破了这漫长的空寂。只见他礼貌地朝大伙点头致歉,接起电话就走到外面去了。不知为什么,我突然感觉到陆乙一的心一下子就空了,就像一片原本绿意葱茏的原野,一下子都荒芜了。

那天,何念走掉后就没再出现。陆乙一则陪她的老同学郑局长继续喝酒。他们俩一起喝了很多酒,最后看起来都醉了。郑局长拉着董大山的手,让他去城里帮自己雕东西,又拍着胸口对陆乙一说:"你放心,我保证不会亏待你董大山师傅的!"陆乙一听了,伸出尖尖的手指,戳着他的脑门"咯咯"直笑。面红耳赤的董大山手忙脚乱,手足无措——自从遇到陆乙一,这模样成了他的常态。

七

从山村回来后,陆乙一就病了,感冒、发烧、咳嗽,吃东西还要吐。去医院一验血,PT 高得要命,怀疑是肝炎;雪上加霜的是,她还怀孕了。三天后,病毒检测报告出来了,她得了乙肝,且正处于活动高峰期。"先控制病毒,再来流产吧。"妇产科医生冰冷的目光和嫌弃的口吻,使陆乙一不由打了个寒噤。她匆匆拿上医生的诊断书出来,在医院长而空寂的甬道里低头疾行。我感觉她整个身子都在抑制不住地颤抖,直到引发一阵无法停下来的咳嗽。她咳弯了腰,咳出了眼泪,无力地坐倒在医院外草坪的长椅上,将我捧起来凑到鼻子底下深嗅。我知道,她迫切需要用我的气味使自己平静下来。天气已经热起来了,但她的手心却冷得像是结了冰。

陆乙一住进了传染科病房,跟一个浑身泛黄的老太太一间。扎针、挂水、量血压、测体温、服药,每天都在重复相同的治疗。陆乙一消磨时光的办法是除了发呆,还是发呆。每天晚上,她很早就睡下,蜷缩着身体一动不动,基本保持着这个姿势直到天明。

她几乎不跟老太太搭话,也搭不上话——老太太似乎病得很重,大多数时间都在昏睡。但一有人来,她就会立刻精力无限,尤其是她丈夫来的时候。老太太的丈夫矮小干瘪,常来,每次都空着手。他一来,就会挨老太太骂:"怎么又来啦?不管家里的鸡和猪啦?让人偷了,我的病还指望啥?"于是老头儿就默默地回去了。他坐过的床尾连个印记都没留下。

陆乙一吃的是医院的病号餐,老太太则天天有人送餐。后来我才知道,那个永远板着脸的中年女人是老太太儿媳,但她从未喊过老太太一声"妈"。不过老太太似乎很满足,她对陆乙一说,她儿子在外面挣大钱,儿媳不敢对她不孝。"虽然东西煮得不好吃,但怎么也比医院里的饭菜清爽吧!"说这话的时候,老太太金光闪闪的浮肿脸盘朝向陆乙一的餐盒,浑浊的目光里竟有着黏腻的得意。

陆乙一在这一瞬间突然就笑了,她慢慢伸了个大大的懒腰,开始拼命往嘴里填塞起饭菜来,直到全部吃光。如果前段时间我能够感觉到她的心里长满了暗礁,那么现在,这些暗礁都迅速地、奇迹般消融掉了。下午,她一改往日的忧郁和沉闷,给几个熟人打电话,又开始跟护士们聊天。

晚上,陆乙一正拉着一个值班护士画肖像,董大山来电话了。他说他在她的同学郑局长郑强家,帮他雕东西,已经好些天了。他问她为什么不在画室,他去了几趟,每次都关着门。

陆乙一说了句"我这就过去",按了手机,跟护士打了声招呼,溜出医院去了郑强家。

郑强正和几个男的吞云吐雾,喝着茶。陆乙一一进门,他就忙不迭地将她往茶桌边引,"过来坐!我朋友搞到一件好东西,让你见识一下,难得一见哦。"

陆乙一问他董大山的下落,他像是没听见,"喏,来看看!沉香,不认识吧?这么一小片东西,就值好几万呢!"说着从桌子中央一个衬了大红锦缎的小盒子里拈起一小片黑色的东西来。陆乙一刚看清那是一片朽木,其中一男的就伸手将沉香劫去了,"小心点儿!我打算给我宝贝儿子辟邪用呢!"捧在手心就朝那东西"呼呼"吹气,好像刚才那一拿就弄脏了似的,嘴里还问,"你们说,是拿一黄袋子装起来缝上好呢,还是直接钻个孔挂宝宝脖子上好?"

一小粒沉香碎屑掉在了桌面上,可能是被那主人吹掉的。郑强飞快地拿指头摁起来,搁于掌心左右看看,笑道:"哈哈!这么珍贵的好东西可不能浪费,我吃了啊!"他从烟盒里取出一根烟,将碎屑塞进烟丝里点燃,闭上眼睛狠狠地吸了一口,随即眉开眼笑,一如中了大奖。

突然,陆乙一一把将我摘下来,递到了郑强眼皮底下,"我也让你开开眼,这是沉香木雕。董大山师傅送我的,他的作品。"

在场的所有人闻言,面面相觑了一圈之后,都发出了狂笑。"哈哈……沉香木,沉香后头多了个木字,可就不值钱喽!"郑强更漫不经心地用两个指尖将我拈过去。他指尖的凉意令我不适。"那姓董的农民给你灌了什么迷魂汤,让你这么崇拜他?要知道沉香是软的,根本不是雕刻的料。再说了,如果真是沉香,他会舍得送你?这么大一块,得多少钱啊!"他把麻绳拎起来,曲起两个手指在我身上一弹。我立刻飞也似的转起圈来。

"你以为所有人都跟你一样见钱眼开,唯利是图啊!"陆乙一撇了撇嘴角,将我从郑强手中夺过,戴回了自己的脖子。我一贴近她的身体,晕眩感立刻消失,感到了安心。"沉香木怎么了?再普通的木头到了董师傅手里,也会身价倍增!他能化腐朽为神奇!"

"哟!你怎么不说他能点石成金呢?"郑强用讥讽的语气回道,"有机会你倒是试试去,把这块烂木头和我的玉放在一起,让他白拿,看他选哪个!"此时,郑强的朋友们纷纷起身告辞。陆乙一轻按着我,目送他们离开后吐了口气,答复郑强道:

"那要看董师傅更注重什么。玉玺在我眼里，就比不上一块璞玉。"她垂下眼睑看了看我，口气里全是骄傲，"你觉得我脖子上这片旧木头一文不值，那是因为你不识货。在我眼里，它是无价之宝，可比你橱窗里摆的这些东西珍贵多了。"

"行啦！乙一，你不喜欢玉玺是因为你没当过皇帝！你还是那么简单，总爱把一切理想化。"郑强突然收敛起脸上的笑容，走过来按住了陆乙一的双肩，"走，带你去找董大山。他可比你现实多了！当然，只要我出足够的钱，就不怕找不到人替我干活。"

"你把董师傅怎么样了？"这下轮到陆乙一纳闷了。

"呵呵，你还真是关心他啊！"郑强笑嘻嘻地走过来搂陆乙一，被她挣脱了。但他也不在意，自顾自往楼下走，一边打着响指："放心！我保护他还来不及呢！话说我还真得感谢你，帮我物色到了一个天才。哦！对了，我等下带你去的地方你可别告诉别人，传出去不好。"

陆乙一没说话，只是健步如飞。

八

二十分钟后，郑强驱车带着陆乙一到了一个偏僻的小区。这是一个崭新的楼盘，里面黑乎乎、静悄悄的，没几栋楼有房间亮着灯。

原来，这里是郑强的另一处房产。他没带陆乙一进屋，却带她去了车库旁的杂物间。开门进去的时候，董大山正在灯下埋头雕刻着什么。偌大的杂物间里，只有一张桌子、一把椅子和一张床,充满房间的是雪亮的灯光和木料散发出来的特有清香。

董大山一见到陆乙一,马上起身说:"你来啦?"看得出,他很是开心。随即,他就把手里的东西呈给她:"你看,我雕得好吗?"

他手里举着的,是一块暗红色的长方形木板。木板正中央,一只花纹极其繁杂的花瓶,搁在一个细腿的三脚架上,里面插着一支芦苇,几朵细小的苇花正飘在空中,跟右侧的香案上飘过来的几缕袅袅烟雾交融在一起,简直就是中国画里最精细最考验美术功底的工笔!更令人称奇的是,整幅图案最厚处不过两毫米,却无论从哪个角度审视都充满了立体感!陆乙一屏气凝神细观了一阵子,然后才如梦初醒般问道:"这是你自己想出来的?"

"哦不是,郑局长说他是从电脑上找来的图样,我依样画葫芦的。这叫浅浮雕……"

"这是明代木雕大师阎望云的作品,材质是小叶紫檀。"郑强突然开腔打断了董大山,伸手摩挲了一阵浮雕,得意洋洋地说,"阎大师当年曾是嘉兴大收藏家项元汴家天籁阁的座上宾,手艺极受项氏推崇。而现在,董师傅你,就是阎望云大师本人。"

"可这明明是大红酸枝,不是小叶紫檀呀!"董大山不明就里,望向陆乙一的眼神里满是困惑。

"缺德。你居然利用董师傅造假古董!"陆乙一却瞬间明白过来,皱起眉头怒了。

"哎呀,被你识破了!"郑强假装牙痛似的抽了口凉气,"但你有证据吗?你拿出真古董来呀!"

见陆乙一和董大山语塞，郑强滔滔不绝道："跟你们说实话吧，根本就不存在真古董，古玩市场上卖的，全是凭买家喜好捏造出来的，懂吗？这叫一个愿打一个愿挨，周瑜黄盖两相情愿！再说了，只要你们俩守口如瓶，谁知道呢？"他狂妄的目光转向董大山，"董师傅，你觉得我出的价钱，匹配得上你目前明朝雕刻大师的身份吗？"

董大山的脸立刻就涨红了。他避开陆乙一审视的目光，低下头，不说话。

陆乙一仿佛明白了些什么。她咧嘴一笑，伸手去摸董大山手里的雕件，却露出了手背上密集的针孔和墨绿色的瘀青。董大山瞥见了，惊骇道："你病啦？"

"哦！没事，小感冒。已经好啦！"陆乙一赶紧将手背在身后，"你又不是不知道我懒。我在度假呢，在一个非常凉爽的地方。"她煞有介事地甩着手扇起了风，"你这儿太闷。郑局长你还是太过抠门，连个空调都没为当代阎大师准备。哈哈！"

郑强干笑了几声，乜了董大山一眼说："董师傅，这儿安装空调是真的不方便，你就好歹再将就将就，我们约定的时间也近了……"

"我明白，不用的，我会抓紧的。"董大山唯唯诺诺地应着，不敢抬眼看人。陆乙一的眼神开始渐渐失色。她的胸前，有尖锐的海啸声缓缓地壁立而起，似乎要将我席卷而去。"郑强，我们先走吧！不打扰董师傅赶进度了。"她这样说。我听出了她的虚弱，随后她沉重的脚步也说明了这一点。

郑强没有立即带她离开，而是进了新房子。不出所料，屋里琳琅满目摆满了文玩和珍奇字画。那奢华程度，不是我三言两语可以描绘的。"我的理想是打造一座郑氏'天籁阁',"郑强这样告诉陆乙一,"我觉得自己正越来越接近这个目标。只要你肯帮忙,乙一。"

"那你告诉我真相。董大山怎么了?"

"他大概遇到什么难事了吧!也说不定啥事都没有,谁不喜欢钱啊!"郑强轻描淡写地说,"我付钱,他做事;他不说,我就不问。当然,他不问,我也就不说。他只要把事情做好,就行了。现在谁还在意真相呀!除了你这种傻瓜,万事喜欢打破砂锅问到底。"

陆乙一的目光突然被博古架上的一个物件所吸引。那是只荷叶状的竹根杯,雕饰着螃蟹和莲蓬,精巧雅致,旁题一首绝句:载得青琅轩,制成碧筒杯。霜螯正肥美,家酿醉新醅。

"这是仿制的项元汴收藏品,诗就是这老头瞎编的。他诗写得很烂,却总喜欢拿出来显摆,还让人家品评,结果,你猜怎么着?"

"遭人唾弃呗!"陆乙一不假思索地回答。

"不!多数人都喜欢哄着他,夸他的诗好。"郑强把杯子拿在手中,指着诗行说,"你瞧,阎望云还不是帮他把这四句大白话刻在了这么漂亮的杯子上。这就是金钱的魅力。"

陆乙一愣在原地,将我身上的小水滴轻捻了几圈,叹了一口气,才轻声道:"你知道吗?这个小水珠它本来是只小螃蟹。它原本的名字叫'和谐',跟你这个杯子有异曲同工之妙……董师傅告诉我,这种古沉香木非常难得,它来自时光深处,在海水里浸泡过多年,在阳光下腐烂过多次,直到再也不为外界所改变。它还有一个名字叫阴沉木,虽然可能没有沉香那么昂贵,但它也很珍贵,董师傅却慷慨地把它送给了我……他不是贪图钱财的人,他一定是遇到了特别重大的难事。可我却帮不上什么忙……"

"没事,不是有我在嘛!再不济,你不是还有何念嘛!"郑强的声调降低了,但目光却炯炯地盯住了陆乙一的脸,"我们是嫡亲的同学,现在还是同一战线上的人了,帮帮我,好吗?"

陆乙一不语,只是镇静地看着这个男人。但我还是清晰地听到了她心里的一声"咯噔"。

"如果我没猜错的话,何念喜欢你。"郑强忽而又换上了一种狐狸般狡黠的笑容,"不止那天那碗温暖碧绿的菜羹,还有你落在里面的眼泪出卖了你。你们俩,关系可不一般!"

"可笑!"陆乙一狠狠地剜了郑强一眼,扭过头去咬住嘴唇不说话。

"别否认,这又没什么大不了的。"郑强换了一种语气,继而从博古架上取下一个青瓷花瓶,"你看,我送他这么好的东西,他都不要。"那青瓷瓶儿线条柔美,包浆剔透,仿佛江南烟雨的锦色温润都凝聚在这上面。郑强宽大的手掌包裹住它的娇柔身段上下摩挲,"我郑强虽称不上一介名流,但手一摇,高官名士也照样趋之若鹜,只有何念这家伙清高狷狂目中无人。我想只有你才能帮我拿到他的墨宝了……"他突然不好意思似的搔起了头皮,"你也知道,我在这个位置时间也挺久了。虽说是肥缺,但总比不上当一把手……这么说吧,掌握我生杀大权的那人最崇拜何念了。何念这个死心眼儿,我托了多少人都没能撬开他的尊口……乙一,你明白我的苦处了吧?"

"郑强,我觉得你真可怜。除了名利,你的世界还剩下什么？"陆乙一缓缓地冲郑强摇了摇头。

"我想,何念应该也跟我一样,喜欢的是你的纯净与特立独行。"郑强答非所问地朝空中挥了下手,"可是,你还没意识到吗？你跟这个现实的社会严重脱节。年过三十了还孤身一人,无权无势、无依无靠……没错,你还有才华,可这能当饭吃吗？对一个剩女来说,才华就是个屁！是致命的弱点！你这样的人,谁愿意娶回家供着呀！想想以后,你会老的！要学会向生活妥协,知道吗？所以,好好利用自己的资源,为自己办点事才是实际的。来来来,"他激昂陈词之余,忽然想起了什么,"我刚打听到何念喜好收藏稀奇古怪的石头。"他疾步来到靠墙的保险柜前,按好密码,然后一把拉开了紧闭的柜门。里面,一块奇形怪状的石头像磁铁一样,将我的目光牢牢吸住。它被放在一个玻璃匣子里,通体铁灰色,凹凸不平却没有棱角,上面布满了密集的小细孔。

"你看,我已备好了送他的重礼——一块非常罕见的陨石。这可是一块无价之宝哟……"

九

郑强又说了些什么,我已经听不进去了。因为我的思维在听到"陨石"的一瞬间仿佛被一道强光击中,曾经紧闭的记忆大门轰然洞开,逝去的往事奔涌而至——

当时,我还是一棵年轻挺拔的树。我忘了自己叫什么名字,只记得我身高数仞,叶似梨、杏,生长在一处悬崖边,身后就是辽远无际的大海。我在每年五月开花,花很小,密密麻麻,像顶着一头黄白色的卷发,秋季结黑色的籽,籽比花要大、要硬,掉落时却无声无息,最后全部化成泥,重新成为我的养料。请相信,有生命的万物都是有思维的,有思维就会有感情,感情里最容易碰上的就是爱情。不知从什么时候起,我爱上了天上的一颗星星。浩瀚的夜空,群星无数,闪烁迷离,但我在认准她的第一眼起,就爱上了她。每个有星星的夜晚,我都静静地仰视她,默默地观望她,阵阵涛声就是我在向她倾诉衷肠;我知道她也收到了我的心声,她温柔的注视让我感受到别样的温存。而几乎每个有梦的夜晚,我都能拔地而起,一飞冲天,然后和她一起遨游天际,她点缀在我的发际或者胸前,跟我贴心、亲昵。

身为一棵树的好处在于,什么事都可以泰然处之。但爱情使我变得非常贪婪,我不再满足于只在梦里和她共度美好时光。于是我开始了夜以继日的祈祷,想用诚心来感动上天,把她赐给我。但很多年过去,她依旧待在老地方,无动于衷。我渐渐由失望变怨恨,由祈祷变诅咒。她那遥远的迷人微笑和淘气鬼脸,在我眼里也早已成了讥讽和嘲弄。曾经的欢乐渐渐消失,变成了蚀骨的苦寂。

又很多很多年过去,心力交瘁的我终于渐渐死心——人生最大的失意莫过于求而不得,树也一样。而我本来就只有我自己,在这样一场没有任何指望的"爱情"里,我从未得到过什么,但也没失去什么,我有什么好抱怨、好难过的?就在那天晚上,心平气和的我眼里的星河重又灿烂如新,然后,我惊奇地看到,流星开始滑落,拖着明亮的尾巴,一颗接着一颗。啊,那真是一场无比浩大、绚烂瑰丽的流星雨!当我虔诚地闭上双眼对着流星雨许下我最神圣的愿望,希望我心心念念的星星安好永远,却不料,一场史无前例的海啸随着流星雨的不断降落铺天盖地般袭来——这也是我所在森林的死亡盛宴!我感觉到,灵魂正从我的身上静静剥离,死神的脚步声尖厉、清脆,连绵不绝。我微笑着放下所有的念想,慢慢倒下——那更像是一个天翻地覆的梦,却不曾想,一颗陨石就在这一刹那落在了我的胸前。它那么灼烫,尖锐地刺破了我的心。我知道,那是她!那肯定就是她!我听到她在低喃:既然你我都逃不开这场宿命之约,我就比你先行了!感谢上天,让我死在你的怀里……这一刻,我痛悔不已,伤心、自责、愧疚、无力……爱来了,那么突然,用这种出乎意料的方式,在这样一个时刻降临,我多想好好享受这样的甜蜜和幸福啊!可一切已无法挽留,而且,上天注定,我俩都无能为力。

　　那是我一生中最柔软的伤口。即使后来我葬身海底,也不能被任何东西触碰,最纤细的海藻也不行。我自己更是连想都不能想,一动念,就有汹涌的泪流出,整个汪洋大海都成了我的眼泪。是的,我已经死去,但我的灵魂还在——听说在自然界中只要生存超过五百年,上天就会赋予它不死之魂。我想我一定是超过五百岁了。

　　沧海桑田。再次露出地面之后,我的眼泪已变身为甜蜜的浆汁。那是另一种哭泣,是幸福的纪念方式,是包容,也是放下。因为我渐渐明白过来,爱上她,带给我快乐和滋养,也带给我锥心的痛楚和感伤——爱的美丑纯粹取决于我的一心一念。在我拥有她的瞬间,我才明白——她从头到尾都是爱我的,而我却在那一瞬间完全失去了她!但谁又能否认,她对我的爱早已深深镌刻于我的躯体、潜藏于我的灵魂中了呢?世界上还有比这样的爱更深沉的爱吗？在真正的爱情尽头,是死神;而只有一直爱到死的感情,才是爱情。

大彻大悟之后的我,于是平静下来。躺在大地安详慈悲的怀里,周遭博大而稳定。它连续不断地接纳着一切,埋藏着一切。身边的万物和我互相做伴,我一点都不寂寞。红尘往事慢慢润泽成珠,我每天都要细数一遍:哪些是云淡风轻的日子,哪些是花开花落的日子,哪些是潮起潮落的日子……直到一切变得模糊和不确定,直到被人类发掘出来,与阳光和空气重逢,与董大山和陆乙一相遇。

十

陆乙一又一次从医院溜出来,敲响了何念工作室的门。为她开门的何念手里举着一支饱蘸墨汁的大毛笔。屋子中央新增的巨型长条案几上,铺着好些书法作品,有的风格拙朴,有的清新俊逸;上回铺席子的角落,则横七竖八扔着写坏了的大字。他的身后,那头巨牛雕塑应该已经完工。雕塑上面蒙着一块黄绸,两个牛角尖尖突起,牛的轮廓模糊不清,像底下藏了个大怪物。

不得不承认,何念头上的假发实在太逼真,简直就像是从他自己头皮上长出来的,有一缕发丝垂到了微皱着的眉宇间,像要跟眉毛握手。

"何老师……"陆乙一叫道,声音像饱含着蜜汁。她的脸微微泛红,双眼里全是柔软而明亮的光泽。

何念一见到陆乙一,眉头立刻就舒展开来。陆乙一受到鼓舞,三步并作两步急欲上前。但何念制止了她,"坐那边。"他的手掌伸向屋子另一角落的沙发,并搁下了大毛笔。我注意到,那儿有张小小的办公桌,桌台上放着一盆文竹,上面似有清风。文竹下有一帧合影,何念搂着两个女人亲昵地朝着镜头微笑:年长的这位戴茶色眼镜,下嘴唇左侧有颗黑芝麻大的痣;那个少女则长发披肩,笑容跟何念神似。

陆乙一乖乖地在最角落的那把沙发上坐下后,慌乱又含情脉脉地瞟了何念一眼,就垂下了眼睑。

何念为陆乙一泡了一杯茶,端过来放到她手里,然后在她旁边的沙发上坐定,架起二郎腿,一副要跟她促膝谈心的架势。"让我来猜猜,我们的小画家陆乙一为什么而来……"一边饶有兴趣地打量着她。他的口吻有多柔和,目光就有多柔和。

陆乙一的脸上腾起两团红云,"你猜。"

何念像变戏法似的突然掏出一份报纸,"当当当当,你获奖啦!是来跟我邀功请赏的吧?哈哈!"

陆乙一不由得瞪大了双眼——报纸上,用喜庆的红色刊登了一组获奖名单,她的水墨画组合《秋声赋》赫然在列。她上下浏览了几番,却惊讶地问:"怎么没有董大山?"

何念忍不住笑了,伸手刮了一下她的鼻子:"他不在体制内,没资格评奖的。"

"哦,哦哦!"陆乙一简直不知道手脚往哪儿放,"可是您知道的,我特别希望得奖的是他而不是我……"

但她话还没说完,就被何念用手势制止了,"还有件好事儿。小二,还记得上次画展你替我画的油画吗?那些画已经全部拍卖完了,钱我已经汇进你的账户了。"

陆乙一一听,马上张开嘴巴想说什么。但何念往她的嘴唇上竖起了食指,"别打断我,那些本来就是你的作品!"他顿了顿,又接下去,"你已经画得比我好了!青出于蓝而胜于蓝,我很是欣慰啊!"

"呃……您别这么说,何老师。对我来说,您就是太阳,而我是月亮。我很幸运,反射您的光。"陆乙一仰视着何念,眼里星光点点。

"那么,还有其他事情吗,小二?"他笑眯眯地瞅着她问。

陆乙一呆呆地注视着何念的脸好一会儿,才吞吞吐吐地说:"我想为我同学求一份您的墨宝,可以吗?"

"哦?"何念像是有些意外,上下打量了陆乙一一番,"可以啊!看来,你跟你这位同学关系不错!我认识吗?"

"呃……应该不认识。"陆乙一费力地吞了一口口水,目光躲避开去,"当然,他认得您,他是您的铁杆粉丝。呵,跟我一样。"她似乎想尽量把话说得轻松一点,以打消何念的怀疑。

何念却似乎没有怀疑,他继续宠溺地看着陆乙一,又温柔地问:"急吗?什么时候要?"

"急!"陆乙一脱口而出,马上又像被火烫了似的否定道,"不急,不急!您啥时候有空就啥时候,随您好了!我有空会来取的!"

"哈哈,语无伦次了!"何念开起了玩笑。陆乙一也觉出了自己话里的某些不妥,一张脸更红了。为了掩饰自己,她赶忙低头往包包里掏东西,"何老师,这是我同学让我送您的礼物,一块石头,希望您能喜欢!"

何念的目光一触到陨石,脸上的笑容当即就凝固了。但很快,他的脸上就重新挂起了淡淡的笑容,"这陨石我先收下。你回去转告郑强,下不为例。好吗?"他接过陆乙一手里的陨石,将它搁在了文竹旁,然后深深地盯了陆乙一一眼,一字一句地说:"保护好自己。"说完,就大步流星走到长案前,重新拿起了刚才那支笔,蘸好墨汁,开始唰唰唰地写字。他写的是狂草,我看不清写的是什么。见陆乙一还站着,他又抬起头说了一句:"字画好了我会让人通知你,你走吧。"

陆乙一脸上血色尽失,眼睛里有晶莹的东西浮上来。然后,慢慢、慢慢地,它们又消失在眼睛里。最后,她嘴角浮起一撇浅笑:"谢谢您的关照。我会的,何大师。"她的语气轻描淡写,表情甚至略带戏谑,但是声音艰涩。我离她的心脏那么近,我分明听到里面传出裂帛的声音。

走到大路上,陆乙一的手机就响了。她接听,里面传出郑强的声音:"乙一,哈哈!谢谢啊!"

陆乙一死死地握着手机,开始一阵阵干呕,说不出话。她所有的指关节因用力而发白。有人路过,用异样的眼光打量她。她发觉了,冲人家笑笑,将手机阖上,深吸了一口气。一个卖冰糖葫芦的人正好经过,她哑声叫住,买了一大串边走边吃,"嘎吱嘎吱"咬得很凶。那鲜红的冰糖渣子在阳光下闪烁着刺人的光,使她的嘴里看上去像是含满了染血的碎玻璃。

十一

陆乙一终于可以做人流了。她在人流室门口排队时,董大山来了电话。他说:"小陆老师,你怎么不在病房?你现在哪里?"

陆乙一沉吟了一下,腮帮子紧了一紧:"我在人流室门口。你过来吧。"

董大山出现了,手里拎着一大袋水果,满头大汗。他刚走到陆乙一跟前,护士就叫到了陆乙一的名字。里面一个中年女医生探出头来张望,我觉得她的脸仿佛在哪儿见过,尤其是她下嘴唇左侧那颗黑痣,很是眼熟。

陆乙一没有回避医生的目光,她迎上去,说:"我是陆乙一。"

女医生一把将口罩戴上,连同满脸板结的冰冷都罩了进去。陆乙一转过身来,一股脑儿将手里的包包和医生开的单子等统统塞到了董大山手里,最后将我摘下,郑重地说:"我不带它进去了,会亵渎它的。"

董大山顺从地接过我,将我握在了手心里。我又闻到了他熟悉的汗味儿,那么亲切,那么热烈。它们正越来越多,像要把我淹没。

在人流室的门关上之前,我听到女医生冰冷的声音在问:"打麻药吗?"

陆乙一的回答很干脆,两个字:"不打。"

董大山从头到尾正襟危坐,直到陆乙一从人流室出来,才吐了一口气,松下了紧绷的腰。苍白的陆乙一摇摇晃晃出来了,步履像踩在棉花上。但迎面看到董大山,她立刻就站稳了身子,不让他扶,自顾自向前走了。董大山捧了东西跟在她后面,她快他也快,她慢下来他也赶紧放慢脚步,不敢跟她走在一起,更不敢超过她半步。走到住院大楼前,陆乙一停下来。等他走上前,她朝他笑笑,说:"董师傅,今天谢谢你!你回去吧!"

"哦。"董大山嘴里应着,却不走,依然跟着她走进楼道,进电梯。电梯里没别人,陆乙一靠着厢壁,看着楼层一个一个往上走,突然轻轻开了口:"我不是个好人,所以被老天爷惩罚了。"

董大山却答非所问地说:"你要快点好起来。"他将她的东西送进病房,看她躺好,就要离开。但陆乙一叫住了他:"董师傅,能告诉我你家里到底发生什么事情了吗?"

"秀儿病了,去上海了。不过你放心,有她妈照顾着呢。"董大山说,"郑局长的活儿已经做完。我以后不会再帮他做了,你放心。"

"董师傅,你,你是我的亲人。"陆乙一擦了擦双眼,声音瓮声瓮气的,像是感冒了。

走到医院门口的时候,董大山才想起要把我还给陆乙一,于是又匆匆回到病房。但陆乙一决意不要,她说:"它的主人应该是像你这样纯净的人。我不能要。"她的眼神凛冽,态度坚决。

于是董大山不再坚持,他认真地朝陆乙一说:"我相信,会为一块木头落泪的人,肯定不会是坏人。"然后,他将我握进手心,转身大踏步走了。

十二

回家后的当晚,董大山吃过饭就出了门。他只身来到湖边,坐下。山村的夏夜,完全没有城里的闷热,空气里只有甜润的气息。月光如水,天上的繁星映在湖面上,和萤火虫的亮点交相辉映;远处的蛙鸣和近处草窠里传来的虫吟一唱一和,宛若天籁;鱼在水面上喋喋有声,有露珠从树叶上滴落……世界如此美好宁静,董大山也无声无息。只有隔着他的汗衫的心跳那么有力,还依稀带着起伏的潮音。这让我产生了恍如隔世的感觉。我的思绪就跟多年前一样,离开我的躯体,飘进黑夜,飘上星空,去寻觅我的星星。可是她已经不复存在。她早就消散在无情的时光洪流里,徒留一片巨大的迷茫与空荒在我的梦里,在我的思念里……

后来,我听到他接了个电话。他静静地听了一会儿,又静静地思索了一会儿,然后说了一个字:"好。"

第二天一早,董大山就上山了。他的身姿较在城里时灵活了许多,行走在崎岖的山路上对他而言如履平地,与我以往所见的他几乎判若两人。在阳光逐渐逼人的时候,眼前出现了一片蔚为壮观的树林,枫香、楠木、山毛榉、樟树、松树,各式各样的树种用浓绿的树冠撑起了一片阴凉的王国,其中以松树居多。可能是树龄差不多的缘故,树的胸径与高度相差无几。空气里弥漫着浓郁的松香,地上沉积着厚厚的针叶,眼前的景象使我产生了一种似曾相识的幻觉,好像这里就是我很多年前曾经生活过的地方。董大山在里面,像一条泥鳅一样轻快地穿行。不一会儿,他身上就沾满了松针,鼻尖上冒出了汗珠,微微有些喘息,大大的眼睛里,流露出幸福的光彩。阳光刺透树荫照到他脸上的时候,他眯起双眼朝上看,一直握着我的手遮在眉间。我也顺着他的目光向上看去,只见林间所有的空隙像极了一张闪闪发光的网,铺天盖地,壮丽而苍茫。

树林的尽头,迎面是一丛纵横交错的藤萝,如龙似蛇,上面挂满了一串串紫黑色的果实。董大山将我从脖子上取下,放在唇边亲了一口,然后挂在藤蔓上,默默地瞅了我一会儿,开始给陆乙一打电话:"小陆老师,我要去上海了。我以前的老板请我去当师傅,开的薪水可高了!在上海,我还可以顺便照顾秀儿。你要当心身体,好好善待自己!"

电话里传出陆乙一的声音,"太好了!恭喜你啊,董师傅!我的身体已经完全没事了。"她说,艺术到了不计名利的地步,才是不朽的。她喋喋不休地在那头说着。我的眼前不由浮现出她那神采飞扬的脸来。

董大山听着,憨憨地笑着,忙不迭地点着头,面部肌肉突然就毫无征兆地扭曲起来——他哭了。我在藤蔓上默默地看着这个人,一边身不由己地轻轻随风荡着、荡着。他的眼泪,让我心里生疼。

第二天,我和一篮碧绿的名叫"鸭脚掌"的野菜一起,由裘村长捎着,来到了陆乙一的手中。董大山还让裘村长带口信说,他岳父、秀儿她爹的肝病就是长期吃这鸭脚掌吃好的,这野菜味道虽苦,但绝对有疗效,希望她能够坚持吃,他们山上多的是……陆乙一将我放到唇边亲吻的时候,我尝到了咸咸的味道。

十三

陆乙一去杭州那天刮着大风,已是秋天了。她去参观一个大型艺术展。展厅外就是西湖,湖里的荷花已经凋谢,结出了一个个结实的莲蓬,满湖的青叶随风翻飞,声音喧哗而多变。

展览厅中首先夺人眼球的是一头威风凛凛的巨牛,神态逼真,气宇轩昂。尤其是那对铜铃般的眼睛,既温顺,又执着。好一头栩栩如生的牛。我一眼就看出那是何念的作品。

陆乙一稍做驻足,然后走马观花般不再为其余的艺术品做任何停留。一直走到展厅尽头的一个角落,那个玻璃柜灯光暗沉,几乎看不清里面的展品,但她却停下脚步,静静观望起来。我也将目光对准了里面的东西。啊!我看到了,那些是董大山的作品!那个"梅花瘦"笔筒,那个钟馗,那个济公,那柄如意,那个"知足",还有那些小小的是橄榄核雕"海的女儿",还有"核舟记"……作者的铭牌上书:董大山,民间艺术家。哦,我的苍天!

就在这时,陆乙一的手机响了,里面传出董大山的声音,他说:"我回来啦。"

陆乙一就说:"好的。"然后,从颈项间将我取下,捧在手心瞅着我。她目光平和,仿佛穿透了我。我已消失不见,唯一缕轻魂在游荡,清风朗月,沐浴慈悲。我听见了恒久而辽阔的宁静。

 谁在耳语

我注意到林雪花,完全是因为李傲白。

那天凌晨,大约两点半,李傲白给林雪花打了个电话,说:"雪花,我想……我想要你!"声音灼烫,几近嘶哑,完全没了往日那迷人男中音的悦耳与圆润。

林雪花用睡意浓重的声音骂了两个字:"神经!"就把话筒"咯嗒"撂了。

本来已颇有睡意的我,一下子精神大振。

没错,我在监听李傲白的电话,一天二十四小时不间断。可以说,李傲白的一切几乎尽在我的掌握之中。

我这么做是有原因的。其中之一,是为了我的表妹宋瑾梅。

李傲白是我的朋友。他博学,儒雅,风度翩翩。他没有实质意义上的正式工作,却开大奔,住豪宅。他最固定的一份职业,是在郊区开了一家国学茶馆。茶馆不供应咖啡和西点,只有品质上乘的茶叶和雅致精美的茶盏器皿,馆内丝竹之音不绝于耳。茶馆还内设大教室,每逢周日或节假日,李傲白就会穿上汉服,教授低龄学童摇头晃脑地朗读《弟子规》《三字经》和《千字文》等国学经典。他常常对我说,普及国学知识是他此生最大的兴趣与爱好,只可惜他势单力薄,只能尽力而为。平时无事,他就在国学教室中央的蒲团上闭目打坐,凝思遐想。

那个夜半电话前一周,李傲白刚与我表妹奉子成婚,成了我的表妹夫。我承认,我喜欢青梅竹马的表妹宋瑾梅很多年了。可是,表妹既然嫁给了李傲白,我就希望她从此过上幸福的生活,而不是错嫁了一个白眼狼。只是我万万想不到,婚礼上李傲白的凿凿誓言犹历历在耳,就深更半夜向别的女人发出了饥渴的呼唤!

我竖着耳朵打起精神直到天亮,李傲白那厢却再也没发出过什么动静。

直到第二天下午,李傲白的手机才收到一条来自林雪花的短信:"如果你不想让我死得很难看,以后就不要再这样发神经!"

第三天,李傲白借故去了一趟林雪花处。林雪花留李傲白在她那儿吃了午饭,甚至做了两个拿手好菜招待他。当天晚上,林雪花的手机显示了这样一条短信:"不知你纤纤素手,为谁洗而做羹汤?为你夫君?还是为我?"

李傲白的手机很快便收到了回复:"留你吃顿便饭而已,别自作多情。拜托,无事勿扰!"

李傲白精神萎靡不振地来找我喝酒。他醉了,拿手往起雾的窗玻璃上画雪花,画了一朵又一朵;嘴里呢喃着"雪花"两字,小心翼翼如珍宝一般,就像生怕将这两个字化了。

"雪花是谁?"我借机问他,并假装喝水,尽量使自己显得无心。

"她——"李傲白瞟了我一眼,拖着长音说,"她是一个非常独特的女人,一个动人的女人,一个令我自惭形秽的女人,一个我此生难以拥有却注定没齿难忘的——好女人。"

我反问李傲白,一字一句地:"难道瑾梅还不够好吗?"心里恨恨的。

李傲白盯了我一会儿,转而叹了口气,黯然道:"有些人你说不出她的好,但就是谁也代替不了!"

我心里一凛,正不知如何回答,瑾梅正好打来电话,李傲白直接把手机递给我听。

"喂?哦,是你呀!表哥,我刚做完孕检,现在逛街,饿死了!要不你和傲白一块儿来接我吧!我买了一堆东西,走不动了!"

"好的好的,我这就来!"我像接到指令一样抬脚要走,却被李傲白拉住。"喏,开我的车去吧。"他把他的大奔车钥匙往我手心里一塞,挥挥手说,"她若问起,就说我已经去茶馆了。"

大肚子的瑾梅依旧时髦而迷人。她为李傲白买了名牌皮带、CK内裤、古龙须后水,一股脑儿倒出来让我欣赏,却不知这对我来说更像是一种讽刺。

一路上,瑾梅只围着"李傲白"三个字喋喋不休。我忍住心头说不出的难过,恭维她:"看来,你嫁他是嫁对了!"瑾梅满足地叹气:"是啊,他给了我想要的生活,锦衣玉食、名邸豪车。接下去,我要为他生个儿子,一切就更完美啦!"

我侧过头,怜惜地看着瑾梅。这个单纯的女人,她的心只在金钱和物质上,全然不知自己丈夫的一颗心在别的女人身上。

我毫不费力地就掌握了林雪花的一切。她的一举一动袒露在我眼里,就像现场直播一样明晰。我只是忍不住想看看,这个女人,能使几乎目空一切的李傲白在婚后依然为其夜不能寐、斯人独憔悴,究竟何德何能?

她看起来还真不错。

报纸呼吁大家为某贫困儿童捐款,她第一个跑去捐上。当晚报记者发短信说要采访她,她吓得赶紧拒绝:"切莫声张!拜托拜托,你们一声张我就完蛋啦!"记者问她为何,她回复:"这是我的私房钱,不能公开!"——可见她的率真与善良。

天降大雪,她QQ群发:"下我啦,下我啦!机会难得,大家都去亲近亲近我吧!"——可见她的风趣与可爱。

"老公,饭菜都准备好了,晚上尽量早点回来。"——可见她的贤惠与传统。

看看她发的朋友圈动态:"今天带宝宝去公园赏桂花、淋桂雨,领略了一番'手留余香'的感觉。可惜,宝宝还小,尚不知这花儿,香短情浓……"——可见她的诗意与才情。

这样一个活色生香的女人,她应该过得很幸福才是。我忍不住想要悄悄去触探她的真实生活。

有人说,三十岁的女人,风情在眉眼盈盈处。林雪花的确不是我想象中的人间尤物。比起我高挑丰满的表妹宋瑾梅,她瘦小、普通得很容易就淹没在人流中找不到。但她自有一番味道,一双眼睛会说话,令她能够在密集的人群中闪现出与众不同的光芒来。她身畔应是她的夫君,长了一张极不耐烦的脸,同样令人过目难忘。那次,我尾随他们一家三口进了家乐福超市。我注意到她的脸庞在超市锃亮的日光灯下异常苍白,几乎像陶瓷一样没有任何血色。

当我在奶粉柜前跟她擦肩而过,她正对着推车里的宝宝温婉地笑着"咿咿呀呀"。正好她夫君喊她,她的目光滑过我,抬眼望向她夫君。我发誓,我从未见过如此寒冷的眼神,像千年寒冰一样彻骨,令人不寒而栗。

就在我努力想搞清楚林雪花看她丈夫的冰冷眼神后面藏有什么端倪时,却突然发现自己监听不到李傲白了!

我一下子慌了神,跑去问瑾梅。她说李傲白只身一人匆匆离境出国,手机、手提什么的一概没带。

我最担心的事情终于发生了。

大约在一年前,有一天,我一连收到三个发自不同地方的神秘包裹。我发誓,那是我人生当中最不可思议的一天!当我无师自通地把这些东西组装起来之后,整个人就瘫倒在地,而脑袋却完全处在了亢奋状态之中——我收到的东西,是一整套精巧而先进的高科技监控设备!对一个自小就立志要当福尔摩斯,长期以来空有一腔抱负,实际上却一直没看到过前途的寂寂无闻、得过且过混日子的私家侦探来说,这世界上还有比这更狗血、更令人匪夷所思却又热血沸腾的事情吗?

半响之后,当我终于能够让自己的呼吸变得平顺一些,拧开调频,接收器发出刺耳的"吱吱"声,我的心一下子"通"地蹿上来,几乎要跳出嗓子眼。我赶紧将音量调到零,嘈杂声迅速消失,如同我屏住的呼吸。周围一片死寂,只有我的心脏跳得像拖拉机刚启动时的马达。我往脑袋上扣那副纤巧的耳机的时候,手哆嗦得厉害,就在这时,手机响了,屏幕上没显示号码。我知道,这肯定不是骚扰电话或诈骗电话。我深吸了一口气,摁下了接听键。里头一个辨不清性别的声音直截了当地对我说:"杜中原,东西收到了吧?"我的脑袋跟电话里头的声音一样,充满了"嗡嗡嗡"的回声。好不容易才嗫嚅了一个"唔"

字,对方又说:"我往你的银行卡上打了十万块钱,你马上查下。立刻,快!"我像被针扎了的疯狗般扑向电脑。果然,我唯一的一张银行卡上,余额从一周前的1352元变成了101352元!我手脚冰冷,呆坐在电脑前几乎无法呼吸。对方仿佛看到我的丑态,轻笑了一下,发出了指令:监控一个名叫李傲白的人。

我很快过上了日夜颠倒的生活。白天闭门睡觉,夜深人静我就变得精神抖擞。有了那套设备,入侵任何移动数据我都轻而易举。我几乎不眠不休地操纵着它,直到能够熟练地从浩瀚无穷且飞速变化的电光火石中,撷取到任何我想要的那几丝来听、来看、来分析、来判断……我几乎不开灯。在电脑屏幕微弱的荧光映照下,我看到自己的眼睛发出老鼠一样的贼光。作为小城为数不多的私家侦探(甚至可能是唯一一名),我开始庆幸自己的乏人问津。要知道,平时我是靠帮人代开出租车或者打打零工来维系自己生活的。而我租住的地下室除了每月收租的房东,从未有人光顾——况且,我已在收到巨款的翌日,把全年的租金交到了房东手里。

这是何等新鲜而美妙的时刻!当远在天边的、近在眼前的、陌生的、熟悉的……所有我想知道或不想知道的人的大量隐私如飞流而至,像潮汐一样映入我的眼帘、涌进我的耳朵,我几乎无法正常呼吸,两边太阳穴的血管跳得像随时要炸裂。

我立刻就在密集的人群中找到了我的表妹宋瑾梅。她在一家大型餐厅当领班。我常常会在她下夜班的时候悄悄尾随,暗中保护她的安全,直到她进了宿舍才默默离开。我没料到,跟我了解的餐厅、宿舍两点一线的单纯生活完全不一样,瑾梅实际上过得非常丰富多彩。我以为她在补觉的时间,她总是在逛商场,试穿漂亮的高档服装——她的朋友圈里,几乎全是她风情万种的自拍照。而深夜回宿舍的她,只为换上锦衣化个妆,好去酒吧或者夜总会钓一个她梦寐以求的金龟婿。我曾妄想自己的名字出现在她的通讯录甚至微信里,但我翻遍了她所有的微信记录,尤其是她回老家而我也在的那几个重大节日,可惜没找到。她不知道,我的手机里保存的几乎全是她的照片,是我偷拍的,全部都是她身穿工作服的样子,清纯,甜美,可爱。浓妆艳抹的瑾梅是我陌生的,她的心也是我陌生的。

听听,她在某酒吧卫生间给她小姐妹打电话:"一看就知道那瘦猴不是好东西,色眯眯的……好在本姑娘聪明,混了大半杯王老吉在酒里。过一分钟来个电话救我,已经挣到钱啦!嘻嘻,毛爷爷快把本姑娘的胸罩给挤破了,有你两张的!快打吧,一分钟哦!"

她给小姐妹发微信,是一张不甚清晰的服装吊牌:"赶紧帮我上淘宝看看这款裙子。妈的,原价实在太辣手!没办法,只有穿A货啦!"

我不甘心。但我又能有什么办法呢?我是个穷小子。而且在我们这个家族,我就是个异类,既不肯回家种田,又不肯正经工作挣钱,三十多岁的人了还活得像根浮萍,过年回家都得贴着墙根走,免得遇到村人招至不必要的盘问乃至耻笑。

那天晚上,我耳朵眼里柔软的海绵耳塞里突然传出一个声音:"杜中原,别老惦记着姑娘而忘了正事嘛!"那声音低沉,但绝对很温和。依旧听不出是男是女,但我在瞬间仿佛置身冰窖,浑身的血液都冻上了。那人像是窥到了我的心理活动,又说:"你放心,已经给你的钱我不会收回的,只要你好好干,就是给你父母盖一幢楼也没问题。哈哈……"跟上回一样,那声音带着气喘吁吁的尾音,消失了。

我惊恐万状,坐立不安。我像个困兽在狭小的斗室内发疯一样走来走去,累了倒在嘎吱作响的钢丝床上,目光正好落在屋角的蜘蛛网,上面黏着许多蚊虫的尸体,一只刚黏上的蚊子正死命挣扎……我知道,我也像它一样,被网住了。我监听瑾梅和她的小姐妹,我汇钱给乡下的父母翻新破旧的房屋……我以为神不知鬼不觉,却不料,自己的一举一动也在另一个人的掌控之中!我强迫自己把头脑从火热中冷静下来,然后从床上一跃而起,手伸向那张蜘蛛网,用两个手指捻死了那只早已经奄奄一息的蚊子。

我很快就把眼光对准了李傲白。当这位巨额财产来源不明的无业新贵的银行账号、电子信息、微信、QQ 和电子邮件等等全部曝光在我眼皮底下,我又一次清晰无比地听到了那个可怕的、带着哮喘般尾音的耳语:"哎,这才乖了嘛!"我咬紧牙关,捏紧了手里的铅笔,才好不容易控制住自己的牙齿不发出互相磕碰的声音……

李傲白的生活是简单的。他跟我一样,似乎没什么朋友;应酬虽多,却不好声色,KTV 里的小姐常常给他发短信,他却从不理会。那段时间,他一直在奔忙着为他的国学茶馆选址、做比较。我进入他的 QQ 空间,发现里面除了多幅从网上下载来的古色古香的茶馆内部细节装潢图外,别无他物。值得一提的是,他的空间背景非常别致,是一朵晶莹剔透的雪花。他很少上网购物,却常常收到包裹;他偶尔去各大银行刷卡收汇款。我能看到款项,但没办法查到钱的来路。每次收到钱物,他都会用一个全球通号码发短信,但我没办法完全破译那些短信的意思。而且,那些短信他一般发往境外,像是在跟国际友人打哑谜。

就像是上苍的安排。李傲白在宋瑾梅的餐厅吃饭,落下了手提电脑。瑾梅给他送过去,对他一见钟情,并开始主动出击。

瑾梅的妈、也就是我姨,正巧在那天给瑾梅打来电话,说费了九牛二虎之力托人为她安排了一场相亲。"对方是一名中学老师。多好啊,工作稳定,还有两个假期……""妈,你瞎张罗什么相亲啊,烦!忘记你以前给我算的命了?天生丽质,大富大贵!"瑾梅假装不耐烦的口气里饱含兴奋,"告诉你吧,这回我真有明确目标啦!那人姓李,名叫傲白!"

之后的一个傍晚,当我从市内最大的商场出来时,已经改头换面。本来想给以前的出租车老板打电话的,后来从身侧的玻璃幕墙上看到自己焕然一新的形象,又想到为添置这套行头所花的钱,还是去租了辆车,守在了一家高档会所门外的停车位里。

我从瑾梅跟她小姐妹的通话中得知,她会来这儿制造与李傲白的偶遇。我也知道,李傲白会来这儿跟一个设计师洽谈他的茶馆装潢事宜。这些日子以来,为了他的国学茶馆,他苦心孤诣、事必躬亲,却一直没碰到让他称心如意的设计师。

然后,我先在那家会所门口制造了与久未谋面的表妹瑾梅的偶遇。那晚,瑾梅打扮非常得体,淡妆、素衣,是我一直以来心目中女神的样子。我按捺住剧烈的心跳,也按捺住心底一再往上冒泡的自卑,深吸了一口气,轻轻打开车门,将套着意大利名牌皮鞋的脚伸出去,挡在了她的面前。果然,光鲜的我从天而降,也给了瑾梅莫大的惊喜。当我温柔地喊出她的名字,她愣了两秒钟,尖叫着"中原表哥",抱住了我的脖子,就像小时候那样。接着,在瑾梅的引荐下,我这不速之客成功地握住了李傲白浅浅伸过来的手。

出于礼貌,李傲白客气地邀请我们坐下。瑾梅求之不得,欣喜之情溢于言表。我嘴上说着"这样不好",手底下却已绅士般为表妹瑾梅挪开转椅,并将她手里的包包挂在了衣帽架上。我很快就加入了李傲白他们的谈话。作为一个资深室内装潢设计爱好者,我别出心裁的设计理念,很快就将李傲白双眼里刚刚明显流露的淡漠变成了赞许。那个本来侃侃而谈的设计师,在遭遇尴尬冷场之后,提前悻悻离席。其实,除了熟背世界顶级设计师最前卫的古典设计理念,我还精心临摹了李傲白空间里收藏的几幅茶馆细节设计图。但直到那晚跟李傲白在会所门口握别——他的手劲儿好大,我就知道,这些草图已经用不上了。

可以说,在我和表妹的共同努力下,我们俩都如愿以偿。她嫁给了李傲白,我光明正大地生活在他们周边,亦亲亦友,若即若离。

而现在,李傲白居然在我眼皮子底下玩起了失踪!他只身出国,却什么都不带,到底想干什么?!尽管瑾梅安慰我,说李傲白很快就会回来,因为她已临产在即。但我还是忍不住胡思乱想,急得满嘴都起了燎泡,天天将自己的脑袋直往墙上撞。如果,万一李傲白真的是个间谍呢?那么林雪花就是他的掩体,是他故意放出来的烟幕弹!难道他早已知晓我在监控他?他分明知道手机可以定位,会把他的行踪出卖!我多么愚蠢!

为什么就不能让脑子稍微转个弯呢？我觉得我就快完了。我的钱、我的前途、甚至我的命，都将马上毁于一旦。

那是我生命中最暗无天日的几个昼夜。我不敢睡觉，也分不清白天和黑夜，更忘了自己有没有吃东西，只端坐在监控设备前，竖着耳朵倾听，一边期待里面传出"一切尽在掌握"的耳语，又唯恐听到的是一道冰冷的死刑……可是，里头除了"吱吱嗡嗡"的电流，一片死寂。我不知道，这样下去，等待我的将是什么！

应该是李傲白消失的第五天。上午，我的表妹宋瑾梅顺利产下一个八斤四两重的大胖儿子。中午时分，双眼赤红、胡子拉碴的李傲白风尘仆仆地出现在了医院里。瞅见他身影的一刹那，我听见自己悬在半空中已近破碎的心"砰"的一声落了地。

在走廊上，李傲白告诉我，林雪花的父亲突然意外身亡，他一回来就直奔她家，还鼓起勇气抱了抱她。

我突然就恼了，指着他的鼻子骂："你小子给我检点点儿！别老婆刚生了孩子就横生枝节！人家自有拥抱和安慰的人，轮不到你去管！你要抱的，是你的妻子瑾梅和刚出生的儿子！"

"得了吧，杜中原！"李傲白轻蔑地哼了一声，"别以为我不知道你喜欢宋瑾梅，也别以为我不知道你都干了些什么。杜侦探！"

尽管我已有所防备，但心里还是不免吃了一惊。"如果李傲白真是间谍，他绝不会这样做。"这样一想，我又迅速冷静下来。

望着医院外熙熙攘攘的车流，我点了一支烟，深深吸了一口,然后问李傲白:"是我上回喝酒时问你'雪花是谁'这句话露出了马脚吗?"

李傲白愣了愣,随即笑了:"果然不愧是侦探。不错哈,有福尔摩斯的风范!"他挥掸着我吐出的烟雾,继续道:"其实也不尽然啦!跟你说实话吧,我调查过你和瑾梅。当初你们俩一起接近我,我怀疑你们是骗子。尤其是你,锦衣华服,开的车子却是租的,还住地下室。最令我费解的是,你对室内装潢设计那么在行,却对我那笔茶馆装潢的生意没有任何兴趣。如果不是有其他目的,哪有这么愚蠢?哦不,哪有这么视金钱如粪土的人!只是,当我查到你和瑾梅真的是表兄妹,一直不敢确定你的真实意图罢了。"他拍了拍我的肩膀,"你问起林雪花,才使我确定我的判断是正确的。我身边居然潜伏着一个打着'朋友'旗号,却一直在暗地里监控着自己的侦探。多么刺激!"

"那么,之前那个凌晨打给林雪花的电话呢?是你故意在试探我?"我又恼又羞。

"哦不,那是我情不自禁。"李傲白又变回了一本正经,"没想到的是,我随手画雪花的无心之举,却恰恰使你暴露了身份。从此,和你杜大侦探玩'老鼠逗猫'的游戏,成了我无聊人生的最好点缀。哈哈!"

我顿时语塞。我杜中原活了三十多年,一直都以为自己绝顶聪明,和李傲白的交往也处理得天衣无缝。没想到,李傲白的智商更胜我一筹。

"你给人的印象是沉默寡言,不苟言笑——当然我明白这是你的职业特点,但在我面前却滔滔不绝,还能够在不经意间成为我的好朋友,可见你的处心积虑。你更大的破绽是在我家,尤其是在宋瑾梅面前,你与平时判若两人。傻瓜也看得出来,你喜欢瑾梅。"李傲白得意地瞟着我。我发现他布满红血丝的双眼里,竟然有着狼一样的狡黠。

我低着头不说话。我以为自己很谨慎,不仅深居简出,连租来的车子也总是停在不同的小区,然后走很多路才钻进地下室,自以为神不知鬼不觉,却不料,李傲白跟我玩了一招"螳螂捕蝉,黄雀在后"。他说得不错,由于这该死的爱好的特殊性,我从小就几乎没有可以深交的朋友。那套神秘的监控设备,更令我变得前所未有的警觉、孤僻。可是我知道,在我心底,还是有一小块角落,那儿柔软而温暖,充满了清风明月、浅吟低唱的浪漫与逍遥,那儿曾经是我为挚爱的表妹瑾梅留的。

"可是你们是近亲,不能结婚。"李傲白继续在我耳边絮叨,"而我,我娶了她就会对她负责一辈子。这一点你可以完全放心!更何况,宋瑾梅爱我胜过喜欢你。这一点你也承认吧?"

"虚伪!卑鄙!"我毫不留情地斥责他。一阵莫名的悲愤却带着眩晕狠狠袭击了我。

"底气不足了吧?"李傲白扬声大笑,笑得眼泪流出来,面部肌肉扭曲,浑身颤抖不已,还无法抑止。病房里传出婴儿柔软动听的啼哭,他这才降低了音量,擦了一把眼睛,正色道:"不玩了。你附耳过来,我告诉你实情。"

接下去,我仿佛听到了天方夜谭的另一个版本。原来,李傲白被境外一富商的遗孀包养多年,他所有的钱财都来自那年逾六旬的富婆!那富婆好游玩,兴之所至就会寄礼物或者汇款给李傲白。而李傲白所做的一长串夹杂不同英文字母和数字的回复,是只有他俩能够看懂的暗语,比如"77oaexx"就是"亲亲我爱你谢谢"。

而这次他前往那个国家,是去见富婆最后一面的。她让李傲白只身前去,不许带任何电子产品。李傲白起初并不知情,以为富婆要对自己的不守承诺做出惩罚了,因为他曾答应过她,四十岁之前不结婚。他说,他在半路上已经想好了,不管她怎么对自己,他都希望能够和她做一个彻底了断。因为,他就要当孩子的父亲了,他要洗心革面,重新开始自己的新生活。他说,多年前,他痴情单恋的林雪花说他患上了"物质膨胀妄想症"。这个词一直像一把钝刀子,持久地割着他的心。后来,富婆帮他实现了他的物质梦想。但尽管他已竭力用精神层面的一切来装点自己的生活,灵魂却几近淹溺在精神贫乏的泥沼中,体会不到丝毫的快乐与满足。然后,他遇到了瑾梅。

"她漂亮而热情,主动得令我无法抗拒。我也知道她物质、虚荣,但我从她眼睛里看到了她对我的爱。对我来说,这就够了。"李傲白深深地吸了一口气,又慢慢往外吐,眼睛望向远处,"最重要的是,我在她面前没有自卑感。而在林雪花面前,我没办法用钱买到尊严,我可怜的尊严。"

李傲白是在医院重症病房里见到富婆的。彼时,她已然恶疾缠身,时日无多。她浑身插满了管子,如一具干瘪的电影道具。李傲白只有从她的眼睛里才能看出她曾经的光彩。当她跟以往一样叫着"我的孩子"、费力地向李傲白伸出颤抖的手时,李傲白终究没能跟早前一样迅速扑进她的怀里,因为他闻到了浓重的死亡气息。这股不适的味道,让他的脚步不由自主地迟疑。

老人见状,手臂颓然垂下,然后闭上眼睛,兀自笑了,笑得气喘吁吁,眼角还滚出了泪珠。

"这是我第一次看到她掉眼泪。"李傲白说。他揪着自己的头发,把脑袋抵在栏杆上,"她跟我在一起总是很快乐,总是笑得很开心。她总是感谢我,说我是世界上最好的情人。"

当惴惴不安的李傲白小心翼翼地上前为她拭干泪水,她突然就随口送上了对他和瑾梅的祝福,还预言他们会有一个大胖儿子。"请原谅,我像所有小心眼的情人一样监控了你。我既怕你拿着我的钱去包养年轻姑娘,更多的是因为我这老婆子心里牵挂着你……"她说这些话的时候眼睛依旧闭着,语气平和,像在述说一件与她毫不相关的事情。但对李傲白来说,不啻遭到天打雷劈。他浑身冰冷,不知道自己应该先向她表示感谢,还是应该先说些什么来为自己辩白或者开脱,但他发现自己根本无言以对。

而我听到这儿,眼前一下子豁然开朗。那分成三次来到我身边的神秘快递,那垂死般的耳语,那些我绞尽脑汁无法破译的所谓"密码"……都有了答案。笼罩在我心头的阴云随风飘散,坠得我心沉不已的巨石也轰然掉落,乱七八糟又五彩缤纷地撒了一地。啊,我的一切都保住了!

富婆还断断续续地对李傲白说:"我的孩子,我想我并没有看错你。你用着我的钱,和爱你的人结婚,心里还藏着一个自己深爱的人,这些并不矛盾。就像我,用着先夫留下的钱,过我想过的生活。人啊,应该追求成功,也应该追求快乐。我们活着是给别人看的,可更多时候应是照应自己内心的。我多么幸运,都这么老了,还能遇见你这样一个年轻美好的小伙子,还忠心耿耿陪了我这么多年。我死而无憾啊!"仿佛被利器击穿心尖,李傲白瞬间跪倒在地,痛哭失声。他感到她把枯瘦的手指插进了自己浓密的头发,久久轻抚,然后又叹着气说:"你呀,就是太被动,还不如我这个老婆子勇敢呢!非得让人家来追你,唉……"

她留给李傲白的最后一句话是"好好生活"。

"我离开的时候夜已很深,医院的走廊上回响着我一个人的脚步声。我觉得自己的心被掏空了一大半。那里面本来盛满了她对我的爱,只不过贪婪如我,向来只知道向她攫取,我竟无知无觉。当那一切像沙子一样全部在瞬间流失,我才知道我有多么不舍和难过!"李傲白终于抬起头来,长吁了一口气。我看到了他脸上清晰的泪痕,相信那是他真情流露的结果。"是该以真面目示人的时候了,我不想再戴着假面具生活。你对我的监控游戏也该结束了,杜大侦探。"

我百感交集。此时,身后的病房里传出瑾梅的喊叫:"傲白,表哥,快进来!宝宝醒了!"

我盯了李傲白一眼,用警告的口吻对他说:"别做傻事!"

李傲白苦笑了一下,咕哝了一句:"我知道。雪花那儿,我已经来不及了。"说完,就甩下我大踏步走向他的妻儿。

一连傻睡了两天。我的世界恢复了平静。我刚想把那套设备收拾好封进纸箱,李傲白却来了电话。他忸忸怩怩地向我提出了一个要求:继续监听林雪花。

我思索了几秒钟,就同意了。李傲白说,他只是忍不住想关心林雪花。说实话,我也跟他一样,放不下她。

于是,我继续关注林雪花。

失去了父亲的林雪花,这样打电话给她母亲:"爸爸撒手西去,无力回天,我们不能再悲伤下去了。我们得为自己和孩子负责,我们要好好的,过好每一天。"这些话一字一顿,如金石掷地,让我以为我看到了一个貌似柔弱心如铁石的强悍女子。

可是,看看她写给她的知心闺蜜的电子邮件:"我心里很难过,就跑进厨房假装擦地,眼泪一颗颗掉下来,砸在我跪着的膝盖上,疼痛无比。亲爱的,我甚至无处哭泣……"这的确是个奇特的女子,她有着一颗异常柔软的心。可是为什么,她会无处哭泣?我又想起她看她丈夫时的眼神,那么冷漠,甚至,满含着恨意。为什么?

在妇儿医院的一次偶遇,使我对林雪花的生活状态有了一次近距离接触。当时,我在车里,等着接例行体检的瑾梅母子回家,不经意抬头间,我看到了林雪花。她扶着墙,慢慢走出一个房间。我定睛辨认,那房间的牌子上书:人流休息室。她独自一个人,苍白,羸弱,脚步虚浮。她的眼神绝望迷惘,像一座颓败的废墟。

我有种想冲出去抱她上车的冲动,但是我不能。我看着她缓缓经过我身边,像一片落叶在无力地飘,然后在离我不远的地方站定,招呼出租车。可是车子接二连三经过,都没有为她停下。我想为她做点什么,却根本束手无策。直到我接上瑾梅母子离开,从后视镜里我看到她依旧还在那儿。只不过她已经坐在了阶沿上,紧紧地抱着自己的肩胛,那么瘦,并越来越小。

很快,我就从林雪花发给她闺蜜的邮件得知,这已是她生下儿子之后第二次做人流了。她男人视她的身体如草芥,明知雪花对所有的避孕药都过敏,却死也不肯用避孕套,理由仅仅是用套不舒服,还说怀上了就打掉呗……这样的男人还算是人吗?我愤懑,却又忍不住在心里猜测,或许,她男人有什么难言之隐吧。古人不是说,可怜之人必有可恨之处吗!尽管我并不愿这样去揣度她。

林雪花的丈夫跟她通的电话永远都是简短的。

"我可以去吃饭吗?有朋友远道而来……"

"不行。"

"今天同学聚会他们让我也参加……"

"不许去。我又没饿着你,你的嘴就那么馋吗?!"

"我同学说饭后要去唱歌……"

"是你忍不住想发骚去吧?"

……

这真像是令人窒息的牢狱。而林雪花却似乎无视她丈夫的坏毛病,一次次选择了顺从和妥协,助长着他的气焰。我真怀疑林雪花是不是有自虐倾向。

可是,看看她发的微博吧!她的隐忍竟自有道理。

"我只想,安安静静做更好的自己。"

"母亲这个词,意味着我已降身为奴。"

我把此事透露给了李傲白。李傲白不相信。他说雪花爱憎分明,极有个性,不是这样会忍气吞声的人。

我去查探林雪花的丈夫,试图一窥他的内心。结果是这个男人的精神世界一片荒芜。他只是活着,浑浑噩噩,过一天算一天。对他来说,工作,敷衍一下就行,只要领导满意。他热衷于组织饭局和麻局,为了能讨领导欢心。他在外面花天酒地,声色犬马,四处逢场作戏,却警告一个个想傍他的女子,说他只爱老婆一个人,别想破坏他的家庭。这个男人虽然经常喝醉酒,但头脑是很清醒的。他深谙俗世的规则,绝不会让自己出什么大的偏差。所以反过来,他更不允许林雪花给他捅什么娄子,伤及他的面子乃至里子。

他是无可厚非的。多少人和他一样,蹚在浑水里却走得无比顺畅。我知道,他需要随时注意脚下的暗流和旋涡,这也是一种水平。但我明了,他和林雪花不是一路人,他配不上雪花。

……

等我回过头来继续监听林雪花,她已经精神出轨了。

对方是一个名叫"树"的男人。我很快就了解了这个"树"。他英气逼人,事业如日中天,在市内名气不小。

林雪花和树如何相识我无从考证,但我猜林雪花对那人应是一见钟情,然后千方百计打听到他的手机号码,发短信道尽相思之苦。看看她发给那人的第一条短信:昨日雪花初遇树,一朵轻盈娇欲语。唯愿天涯解花人,莫负柔情千万缕。

出人意料,树竟不为林雪花的满腔爱意所动,婉拒了她。他说:"我并没有你想象的那般美好,你高看我了。"从此不再回复林雪花的任何信息。

林雪花柔肠百结。她写邮件给他,却不发送,里面全是关于他的梦。她梦见他一次次张开怀抱拥紧她;大冬天的,她却说她爱上了手洗衣服,因为她可以一边慢慢洗,一边慢慢地想他;下雪了,她骑着自行车在他单位周围绕圈子,渴望能够遇到他,哪怕只偷偷瞥上一眼,也就心满意足了……"可是,直到天色将晚,我还是没能见到你。准备离开的时候,一朵雪花飘进我的眼里,化成了眼泪,我感觉不出它是冰冷的,还是灼烫的——它,就是我的心。"

我也由此知道了林雪花的丈夫对她使用精神暴力的缘故,这个男人有处女情结。他接受了她本人,却没有接受她的过去。雪花对丈夫千般好,只盼望着有一天能够感动他的铁石心肠,让他能够承认,娶她为妻,他感到骄傲和幸福。只可惜,年复一年,林雪花的包容与付出已经成了习惯,而她的丈夫,却从来没被感动过。因为对他来说,她所做的一切都只是一个妻子的分内之事,是理所应当的。

而他每向她施暴一次,林雪花就会变本加厉向树倾吐。因为菜做得不合口味,他向她扔筷子;因为她带儿子看风景耽误了做饭,他口出恶语;儿子半夜发烧他不管不顾,由她一个人抱着去外面叫车上医院急诊……她叙述着自己遭受的所有种种——她身体的劳累和心里的酸楚,她的眼泪和她的期盼,还有她对他的渴念,仿佛树会回应她一般。而她不知道的是,只有我才是她唯一的忠实读者。

树甚至让林雪花动了离婚的念头。我在她写给丈夫的微信里看到了这样的话:"你为何要让我这样卑微地活着?一辈子活在过去的阴影里,永远披枷戴锁,抬不起头来?"她苦口婆心地劝他放了自己:"既然不爱我,何不放了我?接受改变比拒绝改变更明智也更积极,不是吗?"

她这样对树告白:"我想在没有阴云的天空下爱你,可是我却忍不住在他对我横眉立目的时候想你。你在我心里,像救星一样。想着你,我就不再觉得难过、痛苦和孤单。"

可是她又是那么自责:"我觉得在家里想你是一种罪孽,尤其是在儿子漆黑的瞳仁面前。我觉得自己是个肮脏的女人。我既不配爱你,也不配当他的妈妈。"

林雪花的丈夫、这个自私的男人,已经习惯随意践踏雪花的自尊,却又不肯舍弃她对他无微不至的好,死活都不肯放手。他们幼小的儿子,更成了他要挟林雪花的筹码。他知道,一个亲手把孩子一寸寸养大的母亲,是狠不下心置孩子于不管的。他打给她的电话口气决绝:"你想要儿子?做梦!上法院告我去吧,看看法院会把孩子判给谁!"林雪花是个全职主妇,如果离婚,她将一无所有。

林雪花对闺蜜这样说:"想我也是乐观豁达的人,生生把这平淡的日子变得富有情趣,把这沉重的生活变得轻松活泼,把苦难的光阴变得甜美珍贵,把烦琐的事变得简单可行,却不知做了多年所谓的全职太太,实际上不过是人家的保姆加上性奴罢了……在他眼里,我们是不平等的!我得不到丝毫的承认与肯定,更不用说表扬与褒奖……真不想再这样过下去了!可是,为什么人家离婚能够像去加油站加一次油那么简单,而我,却那么难?"

看着林雪花的离婚计划以失败告终,我一边如释重负,一边又黯然神伤。我希望她快乐,拥有幸福的婚姻,可这似乎很难实现。她如果恢复了单身,可能会比现在快乐,但这样的结果又无异于"置之死地而后生"。她所有的一切都得从头开始,对一个三十多岁的女人来讲,这谈何容易?

我无法停止这样那样的胡思乱想。因为现在,林雪花已经成了我生活的一部分。我发现,我被林雪花迷住了!我关注她的微信朋友圈,她每天发得最多的就是励志类的心灵鸡汤。可是我知道,一个人发什么其实便最缺什么。她的QQ签名内容一有变化,我就会揣测她在想什么,她为什么这样写……我是在喜欢她吗?喜欢一个人,心里会一直惦记着她。她的情绪有什么风吹草动,我就会紧张,心弦就会被牵动。可这"喜欢"也仅限于一种精神上的喜欢,而且是一种极度狭隘的"喜欢"——我甚至想过如果她离婚,我会不会前去追求她?答案很明确,不会。我不会为了这样一个女人做出有悖于传统和道德的蠢事。说到底,平时自诩正人君子的我,不过是个胆小鬼加自私鬼的合成体罢了。

但我又忍不住对那个树充满嫉妒。看看她新为他写下的邮件吧,"昨晚我梦见自己站在一堵古旧的马头墙下,墙上开满了九重葛,那花开得多娇艳啊,我在梦里都能闻到她的迷人芬芳!我好开心,因为只要梦里有鲜花,第二天就准能看到你。所以,我今天会把自己打扮得漂漂亮亮的,然后期待与你的相逢。虽然我不知道我会在哪里看到你,但哪怕只有短短一瞥,那也是慰藉了我的相思!"

爱使这个女人成了诗人。然而,那个她倾慕不已的"树",真的是一块榆木疙瘩吗?或者是这世上为数不多的真君子?我不信。

果不其然,我很快就查出林雪花心目中完美无缺的梦中情人"树",实际上是个色中饿鬼。他手里有五个不同的手机号,用来跟全国各地数不胜数的情妇轮番上演不一样的剧目。我揣测,可能是林雪花的容貌不够出众、身材不够惹火吧,她对阅人无数的树来说根本没有什么吸引力;抑或,在这样一个心怀纯粹又情感火热的少妇面前,树先生感到了些许自惭形秽吧?

一个跟自己想象中的爱人恋爱的女子,注定是痛苦与动荡的。

"一灯如豆,但也比一片漆黑亮一点,暖一点。"

"我随波逐流,找不到保持清澈的方式。好累……"

"对你的爱,使我能够苟延残喘。谢谢你的存在。"

"我多么贪婪,妄想着在思念你的时候,你也同样在想念着我……"

"我想老得慢一点。等有一天,你终于愿意陪我燃烧,我不至于落荒而逃……"

……

这样辗转、持续了一年有余,连我都差不多习惯了生活中多了那个树的存在。好在,林雪花为树写下的邮件里渐渐出现了这样的话:"忽然厌倦了。那么无望。""我爱你,但已与你无关。""我只是在与我幻想中的爱人谈一场恋爱,不必理我。"

我很开心,她终于从一场虚幻的梦中醒过来了。这个可怜的女人,她只是需要生活中有爱和温暖,哪怕这爱只是自己制造的假象。而她又是多么不甘心,因为她会在每一个节假日给树发一条简短的问候信息,连六一儿童节都没有放过。

日子在一天天过着,许多真实隐藏在家长里短中的鸡毛蒜皮下,一场接一场地上演着。林雪花注定不是一个寻常女子。她把满三周岁半的儿子送进了幼儿园,开始尝试经济独立。她找的工作以不影响她照顾家庭为首要条件,包括给广告公司介绍业务、帮朋友拉各种保险……她对她的闺蜜说,她不能放弃争取幸福的权利,所以不能不努力。她是乐观的。她说她最大的快乐,是她过的每一天都是她想要的。

社交圈扩大了,她身边自然多了各式各样男人的围绕——觊觎林雪花的,可远不止李傲白一个。但林雪花绝对是一个玩暧昧的高手,她穿梭在那些馋猫似的男人中间,游刃有余。有个男人,估计是窥出了林雪花内心的寂寞与不快乐,所以他虽然明里是林雪花丈夫的朋友,暗地里却在垂涎林雪花。他几乎隔天就会发肉麻的短信给她,林雪花不拒绝,也不生气。最后,那人实在凑得过分近了,她就佯装认真地回复:"要不我们直接摊牌算了。你跟嫂子离了,我们结婚?也不枉你对我那么有情有义……"于是那男人落荒而逃。

我想,我越来越喜欢林雪花了。我甚至常常会有这样的念头:若是早几年认识她,该多好啊!

圣诞节这天,林雪花的手机里突然出现了一条来自树的信息。他说:圣诞快乐。

一颗长久以来不为所动的心,今天居然动了!

很久了,林雪花的QQ签名内容一直都是这样一句话:"世上没有什么不能失去的,除了内心的自由。"收到树的短信之后,很快被林雪花改成了:"幸福,突如其来。"她以为一定是自己的不懈坚持融化了树的心,"山重水复疑无路"的她,终于盼来了"柳暗花明又一村"!只有我清楚地知道,实际上,树是吃腻了那些美艳大餐,想尝试一下林雪花的清新口味了!卑劣的伪君子树已经向林雪花伸出魔爪,我这个清醒的旁观者却只能眼睁睁地看着,无能为力。谁叫我只是一个无耻的偷窥者呢?我懊丧不已。

林雪花的反应却出乎了我的预料。她没有向自己心仪已久的人儿投怀送抱。她矜持、甚至平淡地回复着树的每一条短信,就像她从来没有向他示过爱一样。老练如树,他生生按捺住自己,不动声色地跟林雪花玩起了欲擒故纵的把戏。他温情脉脉地关心她,给她介绍小业务,偶尔让快递送张最新上映的影碟给她……这令林雪花欣喜,感动不已。

雪花的微博这样说:只有得不到的,才是最好的。我想,他应该是我想要的最好的,我对他来说也一样。让我们在彼此的生命里永存。

然而,世事是不可能"永存"的。开春不久的一天深夜,林雪花突然用手机发了一条微博:我想寻找一个可以依靠的肩膀,一个可以让我无所顾忌、忘情哭泣的怀抱。可是,它在哪里?

微博发送成功没过几秒钟,她的手机显示出一条短信:"在干吗?"是树的号码。

我监测到树当时所处的位置,是本市一家豪华宾馆。他在那里开了房间,应是饱暖思淫欲了吧。

雪花直接拨通了树的手机,她说:"我不快乐。我一个人在外面,走投无路。"然后"呜呜"地哭出了声。

"到我怀里来,雪花。我会让你快乐的。"树向她发出了赤裸裸的邀请。

他们的对话传入我的耳际,那么接近而清晰,可我却不能出声阻止。我只有将耳机甩下,死死捂住耳朵,并狠狠地用牙咬住自己的嘴唇。一股腥咸流进口中,但我感觉不到丝毫的疼痛。

一切发生得迅雷不及掩耳。

我无耻地用自己高超的技术手段入侵了那家宾馆的监控录像。我看不到她的表情,只看到她的身影坚定地朝那个房间走去,没有丝毫犹疑,就像飞蛾扑火一般壮怀激烈。

不久后,她出来的时候埋头按动着手机键盘。我马上就知道了那条短信的内容:"雪花醒了。雪花就化了。"

第二天,她的QQ签名换成了这样一句话:"我们再也回不去了!"

我深知此话的含义,五内俱焚。从不离手的铅笔瞬间折裂在我指下,变成了两截毛刺,像我此刻扭结成冢的心脏。我将它戳向手心,但无论如何都戳不破。它只会发白,像是里面没有了血。

我一直像贼一样,窥视着她的生活和她的隐私,以为自己看到了她的全部。可是,那些谜一样的真相还是深不可测,无从探寻。她究竟遭受了什么样的打击,要用身体的出轨来平衡自己?!

不行。我得阻止她被树这样的恶棍玩弄、伤害。我把此事告诉给了李傲白。他更不相信。我就让他给林雪花发短信,内容如下:"春天到了,雪花如何?融化了吧?"

他半信半疑地发了。

林雪花飞快地回过来一串问号:"?????"

李傲白抬眼与我对视,我在纸上写:"没啥。就是特别想你,求一亲芳泽。"李傲白照发了。

她回:"最近春寒,免谈风月。更何况,雪花无情亦无色。"

和这样的女人交流,真过瘾。我心里想,难怪李傲白对她念念不忘。

李傲白又发:"的确。情不可以无色,色亦不可以无情。"

过了好一会儿,没见她回。她是紧张了,还是害怕了?

李傲白继续发:"美人不淫,是泥美人;英雄不邪,是死英雄。你不是泥美人,我也不是死英雄。"思维敏捷的李傲白绝对是个上乘男人,我向他竖起了大拇指。

手机半响没动静。

我启动了随带的窃听工具,便听到她正在给树打电话:"你认识李傲白这样一个人吗?""不认识。怎么啦?"

"哦……没什么。一个老熟人而已。或许,那晚我从宾馆出来让他给瞅见了吧。"她放心地挂了手机。

然后,李傲白的手机铃声响起,她开口就骂:"李傲白,你就是一只阴恻恻的老鼠!你以为你看到我从宾馆出来,就是跟人开房去了吗?龌龊!"

我明白,每个人都有廉耻之心。她当然想掩盖事实。

"别再隐瞒了,我都知道了。"李傲白使出了最后一招。他的声音在止不住颤抖。

"好呀。如果我真跟人开房了,你又能把我怎么样?我倒是巴不得你去告诉我家那位呢,省得我多费唇舌!"林雪花回答得有些歇斯底里。

李傲白急忙撇清:"我绝不会这样做的,雪花!"他变得结巴起来:"我,我只是,我只是觉得你不该这样。你要自重些,否则——不是有句老话叫'多行不义必自毙'嘛……"

"如果苍天真的有眼,看看我们谁会遭到天谴!"看来,"色胆包天"是对的。女人要出轨,连老天爷都不放在眼里了。

我和李傲白只管一口一口地喝着茶,盯着手机不说话。听筒里，能听得见林雪花短促的呼吸。这样僵持良久后，就听到她把手机挂了。手机屏幕暗下去，事情仿佛变得不可控制了。

林雪花开始给那个伪君子发含情脉脉的信息："我认定你就是让我沉沦的凶手。当我沉迷在单恋中的时候，就已经是福尔摩斯了。所以，你要么不理睬我，要么就不要给我留下丝毫关心的蛛丝马迹……"她也发露骨的情色短信挑逗他："我想你的时候，欲火就烧起；请将我的衣裳脱去，披上喜乐；求你查看我，试验我，耕耘我的肺腑心肠……"——她连《圣经》都篡改了；"一年好景君须记，最是你压迫我时。"——可怜苏轼老爷子若泉下有知，非气得当场毙命不可……

我不懂，是什么让这样一个美好温良的女人变得如此寡廉鲜耻。是恨？是爱？还是性？都有可能吧。那天，她在她老公的公文包里找指甲锉，不小心带出来一盒"杜蕾丝"。而他们夫妻俩，是从来不用避孕套的！林雪花在电话里对树说，他不仅让她体验到了报复的快感和背叛的乐趣，还把她沉寂的身体唤醒了。她说，跟自己喜欢的人做爱，感觉好幸福。

我是个已经年满三十的健康男人，身体强壮，精力旺盛，所以，林雪花的那些短信几乎要了我的命。在那些个夜晚，我先是难以入眠，身体像是在燃烧；然后就开始不停地做同一个梦，梦见林雪花在我身下呻吟辗转，最后化成了一摊软泥。但醒来后，我梦里的痛快淋漓就会被深深的沮丧所代替——林雪花随时都会像花朵一样绽放在一个高级流氓的身下，而我，她甚至都不认识！

有时候，她打电话给树，那是另一种完全不同的耳语。听着那声音里头的慵懒和磁性，我的身体不由自主发生强硬的生理变化,无论我如何用意念来控制,也按捺不住这种强烈的冲动。我强迫自己摘下耳机,紧闭双目,大口喝冰水,深呼吸。但她的声音,仿佛植进了我的大脑皮层里,不停刺激我的情绪,泛起骚动的狂澜。好几次,我用手里的笔刺向自己的手心。笔尖把我的肉刺破,流出了血,我还感觉不到一丝痛意……同时,我心里会涌起一股莫名的追求冒险的快感,一个疯狂的声音随之在呐喊:我要去见她!

李傲白却先我一步,去"拯救"林雪花了。这是近两年来,我第二次看到他那么勇敢。自从他决定"重新做人",如他自己所言,"我就变成了一只鸵鸟,头埋进沙堆,生活的泥沙俱下时,用露在外面的屁股来应对一下就可以了。"当时,他的妻子、我的表妹宋瑾梅执意想将他的国学茶馆改建成一家中西合璧的高级酒吧,以前餐厅的管理经验使她有信心将其经营得风生水起,但李傲白坚决不同意。无论瑾梅怎么撒娇、使小性子、发脾气,都没能动摇他的决心。记得那天,瑾梅拿着李傲白"补偿"给她的一张银行卡,把儿子往李傲白怀里一扔,就气咻咻地离开了茶馆。李傲白目送她的背影离开后,对我说,"瑾梅不懂,这儿是我的底线,是我的梦啊!"我不说话。他也就没再说什么,低下头开始教膝上虎头虎脑的儿子念起了《三字经》。

李傲白决定在自己的茶馆约见林雪花。我提前坐在茶馆一隅,静静喝茶。茶馆内有唐装的姑娘在弹奏古琴,琴声静远,像是暗流在汹涌。窗外夜色阑珊,一切都浪漫得无以复加。

林雪花来了。她完全不再是我见过的那个冰凉、忧伤的落寂女子,而是变得光彩照人。她面色红润,发丝柔软,眼神热烈,好像身体里藏了另外一个神采飞扬的小人儿。

李傲白单刀直入,告诉了林雪花我的存在。林雪花惊慌地四处张望了一会儿(她当然看不到我,但我还是往座位上瑟缩了一下),转而愤怒地质问李傲白我为什么要偷窥她的生活,李傲白无言以对。他只是焦灼地望着她,两手搓个不停。

他看林雪花的眼神有多灼热,我在角落里看得清清楚楚。我又想起他的妻子瑾梅、我曾经迷恋的表妹,李傲白何曾用这样的目光看过她一眼?我自己呢?是什么时候把以前认为最重要的那个人,就这样悄悄忘到了一边?或许我们都变了。只有瑾梅还跟以前一样,过着她理想中"大富大贵"的日子,逛逛商场,做做美容,"只负责貌美如花"就是她最好的自己。她完全不必担心(她也从不怀疑)自己的丈夫要多辛苦,才能任由她挥霍无度地生活。就凭这一点,我就不得不承认,李傲白比我强多了——他仅仅用他的"鸵鸟屁股"就能够让这样的生活继续下去,而我却连打零工以维持生计的念头都懒得重拾,更遑论去谈情说爱……所以说,应该不是瑾梅变得无足轻重了,而是以前根本不重要的林雪花变得宝贵起来了吧。世事难料,时间真的会改变许多东西,包括人的内心和情感。

那边厢冷场了好几分钟。林雪花正襟危坐,想最大限度地表现出一个女人处变不惊的能力,显示出她内心的强大。李傲白终于坐不住,急切地说:"雪花,那个树不是个好人。你相信我!"

林雪花一下子笑了。她反问李傲白:"那么,你是好人?"她的口气像盾牌一样冰冷,转而成了刺人的矛,"我是不是应该弃暗投明,转投你的怀抱?"

李傲白再次面红耳赤:"我知道,我配不上你……"

林雪花毫不客气地打断了他:"我们都是人格有缺陷的人,我们是平等的。你有你的追求,而我,只想要一份纯粹雪白得像雪一样的爱,哪怕转瞬就化了,对我来说也是好的。"她停顿了一下,放缓了语速,"很长一段时间以来,应该说我已经习惯了自己拥有的和必须承受的一切。结婚这么多年,我一直在努力做一个好妻子和一位好母亲,却唯独没有做过我自己。我以为这是我的命。"她顿了顿,用自嘲的口吻继续说,"哦,我曾经希望我的爱能够灵肉结合、合二为一。但要想在婚姻里做到爱憎分明,简直就是天方夜谭!哎,你知道所罗门群岛吗?"她突然这样问李傲白。李傲白纳闷地摇摇头。

"那儿的居民伐树不用刀砍,也不用电锯,而是一群人围着那棵树痛骂。用不了多久,那树就死了。你知道吗?我的处境就跟那可怜的树一样,随时都有可能一命呜呼。我不想让儿子这么小就没了妈妈,我要好好地为他活着。我只有用这种方式寻求平衡。现在,我过得很快乐,真的。我想,上天是厚待我的。"

李傲白垂头听着,沉默不语。

林雪花说:"如果没什么事,我先走了。告诉你那位私家侦探朋友,让他停止偷窥。否则,他比我更清楚会有什么样的后果!"然后起身想走。李傲白一把拉住了她的手说:"佛曰,回头是岸!"

"佛也曰,和有缘人,做快乐事,别管是劫是缘。"林雪花抛下这句话,轻轻甩掉李傲白的手,翩然离去。

第二天,林雪花用公用电话打了树办公室的电话,直截了当地把我的存在告诉了树——我预料她会尽力避开我而有所动作，只是没料到会这样快。她对树说："对不起，我无法不告诉你这件事，因为我怕会影响到你……"我如影随形地窥探了她这么久，深知这个善良的女人只是不想让自己爱的人受到一丝丝的伤害。

树先是一语不发，然后用干脆利落的音调说了三个字："少联系"，就迅速而干脆地挂上了话筒。

翌日，我试着拨打了树用来跟林雪花联系的那个手机号码，却已然停机。我想，雪花拨打那个手机的结果，一定和我一样吧。

我在此起彼伏的电流声中度日如年。那里面充斥、流变着各种各样的讯息，真真假假，挤挤挨挨，有人们愿意示人的，更多的则是见不得光的，甚至有一些人们以为永远不会被人知晓的一切——只要我愿意，我可以随便观看。那些五花八门、乱七八糟的所谓隐私，我看得太多了，根本不以为意。我想关注的，只有林雪花。可林雪花的世界，却前所未有地一片宁静。她关机了。

非法监控，爱人无望，还去介入、影响别人的私生活……我知道我在犯罪。有时候我甚至想直接跑去自首，但我年迈双亲沧桑的容颜又浮上了我的脑海……这种煎熬的生活不是我要的。

手机铃声突然响起，我拿起接听，对方说："杜中原，是你吗？"声音似曾相识，但又似乎没了之前的甜润。

我的心猛地一跳，然后迅速恢复了平静。这是我近年来练就的本领，已几乎成了本能。随之，监控设备提示，她已和我近在咫尺。

果然。终于,林雪花找上门来了。她瘦了,嘴唇干裂,有几处翻翘起白白的死皮。她像早已认识我一样地看着我,掩饰着抑制下去的敌意。她说:"杜中原,我来找你,只想请你告诉我,他——是不是真的爱过我?"

我紧紧地盯着她,说不出话。她的下巴那么尖,她的眼睛那么大,她的脸像陶瓷一样苍白,我多想上前抚摸一下。真希望她有读心术,能够将我一眼看透,然后让我们这两颗负累的灵魂都得到救赎。

而在她身后的走廊上,传来滞重的脚步声,一片浓重的暗影渐渐淹过来,两个警察正沉默着慢慢靠上前来。这时,我莫名地,竟然想起了表妹瑾梅。

 八珍

半夜,我被外面的雨声惊醒,心里高兴了一阵子,很快又进入了梦乡。

我喜欢下雨天,不是喜欢湿淋淋的雨水本身,而是因为每逢下雨天,主人就会解开我脖子上的铁链,给我自由。

天亮后,雨还在下。我趴在窝里,呆呆地瞅着眼前的雨帘,从断断续续的珠子连成白白的线,又从线一截一截断回一滴一滴的珠子,反反复复,不知疲倦。对面的山坡上,春天的桃花正在雨水的浇灌下疯狂绽放。我听得见她们咕咚咕咚喝水的声音和满足的叹息。桃林间点缀着几个馒头状的坟包,失了锐气的圆锥尖上青草如茵,雨水的洗刷令这绿意更显浓郁。不像前段日子,草芽刚冒出来,是浅浅的黄绿色,嫩得坟里的亡灵出来时都小心翼翼,唯恐弄疼了她们。哦,忘记告诉大家,我是一条老母狗,瞎了一只眼睛,而没瞎的那只,能看见人类所不能看见的东西,比如亡灵,比如花魂。阴雨绵绵时或者晴日的夜半时分,亡灵们就会出来游走。他们自由自在,无拘无束,除了无影、无声以及不能跟人类交流,其余的跟活人没啥两样。春天是他们最喜欢的季节,我常常看见他们在桃林里穿梭、跳舞。桃花也爱跳舞,它们的魂魄轻盈、灵动,身上长着纤巧而透亮的羽翅,和亡灵们一起舞蹈的时候总是不胜娇羞,就比如说眼下,就有好多好多凑成一对对,正醉心于一种类似恰恰的舞步,围观的魂灵们更是成群结队,随之涌动,这使整个小山坡像染上了一层美丽的红云,嫣然如醉。

　　他们的舞蹈让我想起,此刻我是自由的。于是,我慢慢起身,活动了一下筋骨,然后绕着我的地盘开始踱步。我的地盘是一小片水泥地,就在主人家门口的屋檐下,平整、形状不规则,是造完这落地房后我的女主人用多余的水泥浇的,手艺还不错。女主人不知还从哪里弄来一块上面刻着"泰山石敢当"的石碑,竖在墙角。由于我常常在那里撒尿,"敢当"二字已经被滋得没了色,还结了一层黄里发白、白里透绿的尿壳子。泰山石上方是空调的室外机。那根平时总与我形影不离的冰冷的铁链,此刻正疲软地从搁架的不锈钢横档耷拉下来,松瘫在地,活像一条垂死而肮脏的长蛇;而我平时一动就咔咔作响的铁钩子"蛇头"则已戾气全消,生气全无。我走过去,轻轻踢开"蛇头",然后伸伸爪,弯弯腰,又躺下来,舔遍每一个胳肢窝。接着我又站起身,摇摇脑袋,扭扭屁股,努力往四面八方舒展开我的四肢。但做这些动作的时候,我又小心翼翼了,好像被一根无形的铁链套着。"奶奶的,今天又忘记掉链子了。"我忍不住自嘲,并发力抖了抖全身的体毛。不是幸福来得太突然,而是长年的拴锁已经使我习惯了戴着镣铐跳舞。什么是自由?我很早就开始问自己这个问题,但这么多年过去,我却依然没找到答案——或者,身体的自由对我来说,早已经可有可无。

　　隔壁花奶奶家的二哈突然窜进雨地开始疯跑,一边朝着我叫,"八珍婆,八珍婆!"一边把他的尾巴摇成一朵白绒花。我明白他是想让我跟他一起去淋雨玩闹,就跟小时候那样。但我怎么会去呢？年纪越大，越喜欢干燥温暖，也越怕麻烦。我都快忘记自己有多久没让雨水沾上我的身体了，四肢接触春天的泥水是怎样一种感觉，是暖还是凉，是舒服还是不适，我也得好好回忆回忆。不知道从什么时候起，我不再喜欢淋雨。我不喜欢皮毛被雨淋湿后的黏腻，也不喜欢水渗进肌肤引发的寒意。斜风细雨的日子，我总是尽可能躲避。有时候刮大风下暴雨，我就把身体往窝角里藏。曾经有两回，依稀记得是台风天，我的窝翻了，无处可躲，我便只有闭上眼睛接受现实，心想，借机重拾一下淋雨的感觉也好。但可惜的是，雨水带给我的是感冒和发烧，我病了好几天才恢复元气。年轻，活力，新鲜，我不止一次想方设法回忆它们，但都枉费心机——这些捉摸不定的东西仿佛都躲进了梦里，我闭上眼睛它们就会出现在我面前，一旦睁开眼睛，它们就毫不留情地弃我而去。眼下，它们已经完全不属于我了，它们是二哈们的了。

二哈的喊声引来了附近的几条小母狗兴奋地附和着他，一起吱吱哇哇地喊我。我淡淡地瞅着他们风骚的样子，懒得出声搭腔。二哈小时候浑身长着漂亮而罕见的白毛，像个柔软可爱的白球，但随着他渐渐长大，毛色出现了异样，除了尾巴还是纯白的，难看的黄色东一块西一块布满全身，像被人泼了屎，那张原本俊俏的小脸也越长越傻气了，也不知道是怎么回事。二哈是花奶奶的孩子花大价钱买来陪她的。眼见着二哈从双手可掬长到了半人多高，花奶奶家的孩子却只现身过两三次，且每次都来去匆匆，像一阵风刮过似的，连人面都没看清。前几年，倒是经常有一个脏兮兮的小男孩，锅盖头、后脑勺留根细细的小辫子，隔几天就背着书包出现在花奶奶家，一见花奶奶就脆生生地喊"奶奶"。花奶奶就乐滋滋地应答,一边连夸"乖孩子",一边给他洗脸、擦手,给他小零食吃,最后总会递给他两块硬币。一拿到钱,小男孩总是边说"谢谢奶奶"边走人。巨大的书包拍打着他的屁股,一下又一下,从来不回头,脚步轻松又欢乐。花奶奶脸上就这样挂着笑容目送孩子走远,倚着门可以站上老半天。现在那孩子有好长时间没出现了,我猜他可能长大后升学,去别的地方念书了吧。

其实,我并不知道老太太姓什么叫什么。因她孤身一人,养了很多花在门口,我就在心里称她为花奶奶。花奶奶的花都寻常不过,无非月季、蔷薇、茉莉、绣球、鬼脸花、鸢尾、芙蓉、海棠等等,但一年四季都色彩缤纷,养眼得很。花奶奶总是把自己拾掇得很干净,齐耳白发梳得一丝不苟,平时没事就浇浇花、拔拔草,要不就坐在竹椅子上戴着老花镜看书,嘴巴不停嚅动(后来我知道她这是在念经),偶尔抬头看一眼五颜六色的花,老核桃一样的脸上露出孩子般的笑容。眼下,月季有的正在怒放,有的已经凋零,蔷薇才刚打起毛茸茸的花骨朵,茉莉的小花苞在雨水的沐浴下奋力绽放,其余的植株还毫无动静。但只要我竖起耳朵,便能听见阵阵喧嚷从地底下钻上来,弱弱的、娇娇的、尖细,上气不接下气。这声音争先恐后潜入我的脑髓和心肺,让我一次次想起我刚出生的孩子,他们曾经也是这样叫的。我不得不闭上耳朵,将这些拒于心门之外。

二哈他们开始在雨地里打滚,一边继续不断地喊我的名字。他们把身上的毛都弄脏了还笑得那么开心,让我突然又想起我的孩子。今天也不知是怎么了,可能真的是老了,总是怀旧,也可能是这雨作的祟……唉,我的孩子如果还在世,他们一定比二哈更聪明,也更可爱。这一点我深信不疑。"八珍婆,丑八怪,一只玻璃眼,一只看不见……"二哈们见我没反应,开始挑衅。可惜这种伎俩对我已没有杀伤力。更何况,他们说的是实情。我不仅瞎了一只眼,右大腿附近还有一块狰狞的疤痕。我的脑子也稀里糊涂的,说不清自己已经活了多少年。

自打有记忆起,我就住在一个旧式台门里,周围都是些老年人,一两家还带着孩子。那时的我,是整个台门的活宝和传奇。我会逗孩子和老人们笑,我从不把邻居家的亲戚和小偷搞混,煤球炉上的水开了我会马上叫人,我还救过一个昏厥在屋内的孤寡老人……最令邻居们啧啧称道的是,我的主人去菜场买菜,我会叼着篮子一路随行,他付钱,我接菜,配合默契;他若中途丢下我去遛弯,我也会独自把一篮子菜什完好无损地叼回家来。我的主人——一个笑容和善、面白无须的单身老男人,他姓李,邻居们管他叫秉福,他管我叫"八珍",一天到晚把我带在身边,晚上也让我跟他同居一室。只不过我的狗窝是石头垒的,他的床是雕花栏板大红木的。他不抽烟,但嘴里总是含着一管玉烟嘴,不含的时候就拿在手里不停地摩挲。那烟嘴一头粗、一头稍细,通体碧绿,一看就是上好的老玉。曾有走街串巷收古董的人看上这烟嘴,想收购。但李秉福斜眼乜住人家,将烟嘴搁手心往那人鼻子底下一横,淡淡地问了句"你买得起吗",摊开的手指随即合上,再缓慢而有力地并拢手掌,返身大摇大摆进了屋。

李秉福没其他爱好,就好吃。他天天带着我买菜,回来就捣鼓出许多肉菜来,炖牛鞭、烤羊尾、熘肥肠、爆炒鸡胗、夫妻肺片……他不厌其烦地烹制,有滋有味地享用,我也由此毛光锃亮,身强体健。后来我慢慢知道了他爹曾在御膳房干过,去世时传给他一本菜谱。他一直靠吃老本过日子,偶尔向有需要的酒店或私厨售卖独特的私房菜谱谋利。

  李秉福睡觉不打呼,比我还警觉。有时候半夜屋里爬过一只老鼠,我刚刚竖起耳朵,他已猛地从床上惊起,瞪着一双茫然没有焦点的眼睛断喝一声"什么人?"这让近在咫尺的我很是自责,觉得自己作为一条狗,竟还不如人类反应敏捷迅速,于是只有在嗓子底下发出几声内疚的呜呜。当然老鼠我是不会去逮的。不是说了嘛,狗拿耗子多管闲事。更何况主人不止一次告诉我,我血统高贵,"除了我喂的食物,其他的一概不许吃,尤其是老鼠!八珍你要记住,你可不是普通的狗。"我当时小,好奇心重,一次跟他出去遛弯,看见草地上有一堆干干净净的大便,我的其他同类见了都去争抢,我也屁颠屁颠跑过去,将一根黄灿灿的屎橛子试着含进了嘴里。不料被他看到,他气得拿烟嘴指着我浑身直打哆嗦,然后揪起我,劈头盖脸地扇我,又带我去附近的小河拼命洗我的嘴。我嘴里的牙齿都快被他捅掉了,还差点被按进池塘里闷死。事后,他瘫坐在小河边,一脸嫌弃地看着我,一边数落我:"狗改不了吃屎。八珍,你就是一条狗。亏我一直把你当人养,你他妈就是一条贱狗!"后来,我呜呜叫着请求他原谅,他才长叹了一口气,伸手揉揉我的脑袋,拍拍屁股起身回家了。小小的我,赶紧乖乖地跟在他后面,心里发誓,以后再也不敢犯贱了。主人生气,说明我错了,虽然我并不知道自己错在哪里,因为我分明看见其他的狗都把那些便便吞进了肚里。

之后的日子,我用千般的小心、顺从和努力,来区别自己和别的狗。我的主人李秉福似乎也已经原谅了我。"八珍,你要是个人该有多好!"夜深人静时,他常常抱着我,一边抚摸我,一边这样喃喃自语。有时候,他还会把脸埋进我的皮毛,左左右右磨蹭一番。这种时候我心里都会不由自主地升起一股柔情,觉得他那么孤独,他那么需要我,我真不该贪玩去咬那截屎粑粑。虽然我连一丁点屎味都没来得及品尝到,但毫无疑问它却脏了我的嘴,以至于我都不敢伸出舌头去舔他的脸,让他也能体会到我的爱意。我只有温柔地默默注视着他,用眼神回报他以温情。

我成年了,台门里三天两头有公狗跑来围着我的屁股转。李秉福见状,就把我藏在屋里,把外面的狗们一一轰走。也有母狗跟着公狗来的,他们在我的眼皮子底下疯狂交媾,把屋里的我引得浑身似火在烧。有时候李秉福一坐下,我就忍不住把身体扑在他的鞋面上,用摩擦换来快感。于是李秉福就很慎重地带我去交配。他为我找的第一条公狗是条德国牧羊犬,很高大,也很威猛。我还能记起当时的情形。那是一幢漂亮的花园洋房,我被主人抱进去的时候,那只德牧正在宽敞干净的狗舍内兴奋地转着圈。一见到我,那只德牧就绕到我身后猛扑上来。我小小的身躯经受不住他的重压,踉跄了几步,差点摔倒。他扑了个空,就尴尬地下去喝了几口水,随即又绕着我转了几个圈,接着又闷声不响地来到我背后,两个前爪轻轻架上来。这一次我没闪避,他的肉钎子就又稳又准地插进了我的身体,我感到了火辣辣的疼。我想发出大叫,但我一抬眼,看到李秉福正坐在狗舍门口的小板凳上,眼睛一眨不眨,嘴巴紧闭,鼻孔张得老大,竭力抑制住自己发出粗重的呼吸。正是日上三竿时,阳光透过狗舍旁一棵茶花树的缝隙照过来,打在他肥白的右耳朵上,将它照成了透亮的红,很像我那天刚刚吃过的一片猪肝。我就死死盯着那片"猪肝",一边克制自己的哼叫,一边尽量保持自己的身体不动。我想在我主人面前表现得出色一点,以后他好多喂我吃点猪肝。那天,我和德牧交媾了好几次,也花了好长时间。我的主人则持续坚守在狗舍外的小板凳上,一步都不曾挪开。

那天,李秉福是倒拎着我回去的。一路上,他都在嘟囔:"这么大一笔钱,你可要争气点儿,给我多生几只狗崽子!"我的私处火烧火燎,我的腹胀如鼓,一睁眼就看到天在下、地在上,万物倒置、前路茫茫,我感到头晕目眩。我只有紧闭双眼,心里祈求他能够加快脚步,尽早到家,好舒舒服服睡上一觉。

我怀孕了。很快,我就生下了我的第一个宝宝。他那么强壮,毛色黑黄相间,跟他父亲的一模一样。我舔着他湿漉漉的身体,他闭着眼睛哼哼唧唧,小脑袋拱着我的肚子找到我的乳头就"咕咚咕咚"啜饮不止。我觉得全身的血液都朝着他的小嘴汇涌而去了!我痛,但我多么快乐。我觉得那一刻我的心由他吸了去,我也是心甘情愿的。我的主人也很开心,"独猫管灶,独狗管呑。哈哈!好!独狗,好!"

但第二天一早,他就把我的孩子装进一个篮子里,命令我叼上。"走,去卖掉。"我起初以为自己听错了,但是没有。他踢了我一脚,"快点儿!"我只有强忍着刺骨般的心痛,夹着尾巴,将那只篮子叼在了嘴上。昨晚主人煮的猪骨汤味道很好,效果也很好,丰沛的奶汁胀得我胸都快破了。亏得宝宝胃口好,一次次将小溪流般的乳汁吸走,使我的胀疼得以缓解。此刻,宝宝喝饱了奶,正睡得香。他离开我,会不会挨饿?他会不会被老鼠咬?他还没有睁开眼睛瞧瞧这世界、看看我这个妈妈呢,我怎么忍心跟他分开?!我一路走,一路贪婪地盯着我的孩子看个不休。那天,去集市的路显得那么短,我走得那么慢,四条腿像是坠了铅,但还是很快就到了。我听见很多摊贩跟我的主人打招呼。"秉福啊,又带着八珍来买菜啊?""不是。今天我卖我们家八珍生下的小狗,品种好得很,德国牧羊犬呢!而且是独狗,能管一个山岙呢!""哎呀!真的呀,那可真是太稀罕了!你们家八珍真是太能干了……"

这是菜场外的流动摊位。我眼前黑压压的全是人的脚。我用尽全部温柔盯着篮子里的我的宝宝。有人伸手来取我嘴上的篮子,我死死地咬住不肯放。我从喉咙底下发出警告,不许你们碰我的孩子!但这不管用。很快,就有人直接从篮子里抱走了我的宝宝。我的傻宝宝却还睡得死死的。他被好多双手传来传去,抚摸,惊叹,但都没有把他弄醒。"嘻嘻,这样子它还在打呼呢!一看就知道胆子大得要命,不怕人!"有个不知好歹的人,竟然揪着我的宝宝的脊背的皮将他拎了起来。我再也忍不住自己的怒火,跳起来向他的小腿咬去。但我的脑袋顷刻间就挨了重重的一脚,我的眼前一片漆黑,金星直冒,耳朵边的嘈杂瞬间变成了静音。我晃晃脑袋,想看清踢我的是谁。但眼前的一切令我瞠目结舌,只见漆黑散去,金星消失,那么多人类的脚上却出现了脚镣。我不禁抬头,更可怕的事情出现了!几乎所有的人都成了透明的,隔着薄薄的肌肉纹理,我看到人类的五脏六腑在不明颜色的血液簇拥下,争先恐后地扰攘跳动,而好多好多的链条系在一具具活动着的骨架的脖子位置,几乎每个人都不能幸免,有的骨架甚至披枷戴锁!我吓了个半死。我小心翼翼地踮起脚从那些铁链之间绕过去,但四条腿不好避,很快就绊到了至少两根链条。我忍不住叫出了声。这一叫,眼前的一切又恢复了正常。我缩着头以为自己又要挨踢,结果半晌没有动静,抬起头来却发现,这些人毫无反应。我这才明白,这些链条都是隐形的,人类自己并不知情。我赶紧搜寻我的孩子的身影。他已经醒了,正趴在一只肥厚的大手掌心里,懵懵懂懂的,支支吾吾着,可能是在找我的奶吃。那人的另一只手正递给我的主人一沓厚厚的钱。我的主人正龇牙咬着他的碧玉烟嘴,眉开眼笑地伸出手去接。

耳边传来汽车轮胎与地面摩擦的声音,越来越近,把我的思绪拽回了现实。真的是老迈了——才这么一会儿工夫,我就睡过去了,还做了个好长好长的梦。我缓缓睁开眼睛,一辆全身掉漆的红色桑塔纳就打我身边开过去了。哦,又快到上班时间了。果不其然,十分钟之后,一长溜汽车一辆接一辆陆续驶过,在我眼前溅起一片又一片白花花的水雾。水雾的尽头,距桃林不足百米的地方,就是这些车主上班的地方,那儿围墙高筑,戒备森严,人类管那儿叫精神病院。哦,忘记告诉大家,我现在住的这地方是个偏僻的山岙,居民稀少,除了这些在精神病院上班的人之外,人迹罕至。精神病院的待遇似乎不错,来上班的人几乎都开名车。只有院长开桑塔纳,就是那辆掉了漆的红车。院长每天都提前来上班,已经持续了好多年。我偷偷透视过他。他的心火红火红的,跟他的车一个颜色。我还知道那个开宝马的男子身上常常布满淤青,他的副驾驶室坐着的女人胸前两个坚挺的乳房都是假的;那个一脸粉底、其实满面雀斑的姑娘的丰田车内总是乱糟糟的,后座常常塞着不止一个用过的避孕套;那个开奔驰、长着桃花眼的小伙子只有一个肾脏,他腰部的疤痕像一条巨大的蜈蚣……为什么我总是更关注别人的缺陷呢?我也不想这样的,但这似乎是一种本能。可能缺陷永远会因其与众不同而备受瞩目吧。就像我,无论身处何处,人类总能在第一时间看到我,并惊叫:"好丑的狗!"或者倒吸着冷气说:"好可怕!"

我眼前又经过几个步行来上班的人,他们已经对我熟视无睹了。他们走起路来个个都步履拖沓而沉重,面无表情,仿佛面部肌肉坏死,或者天生就不会笑。我在路边观察了他们这么多年,就没听到过他们中有任何人发出过欢快的、源自内心的那种笑声。后来,我发现了这些人的共同点,那就是他们和我一样,每个人脖子上都拴着一根冰冷的链条。我也曾想用自己魔性的目光丈量出这链条的长度,或者找到它们的头被锁在何方,但我没能成功。我只发现这些铁链们最后拧成一股,最终通向未知的天尽头。

跟这些精神病院的工作人员相反,被强行扭送进去的精神病人却常常是至情至性的。他们有狂笑的,有大哭的,或者笑岔了气变成了哭的,也有哭着哭着突然开怀大笑的。他们精力旺盛,元气十足,无论笑或哭都惊天地、泣鬼神;他们力大无穷,经常有人挣脱身上绳子的束缚跑掉,但半路上基本又会被抓住,被里面出来的白大褂们套上特制的病号服与约束带,并被打上一针,然后沉沉欲睡,乖乖就范。每当这个时候,二哈他们这群小年轻就会追过去凑热闹,一边一惊一乍地乱吠,然后引发一波波混乱的斥责或尖叫……我还发现了一个规律,精神病人们身上很少拴着隐形的链条。但令我惊异的是,当这些精神病人被治好之后再次出现在我眼前时,他们的脖子上也无一例外被拴上了一根铁链,铁链的一头跟那些看管他们的工作人员身上的一样,不知所终。

今天走路来上班的人中多了张新面孔。这是个年轻的女孩子,容貌姣好,身材高挑,小腿修长。她穿着一双黑色的高帮运动鞋,有点点内八字,脚底像安了弹簧,一路上"呱叽呱叽"地踩着路面的那些坑坑洼洼,一点都不避讳,鞋面和裤腿都溅湿了也不在意。她手里撑着一柄娇黄色的小花伞,经过花奶奶家的花圃时小声地惊叹了一句"好美呀",掏出手机来拍照;来到我身边的时候,她先是笑靥如花地冲我说了一句"你好",又特地停下来认真地盯着我看了一会儿,之后便蹙起了好看的眉头,说了句"真可怜",然后脚步一弹一弹地走了。我动用自己的透视眼看到,这个女孩儿的心脏是粉嫩的,像花奶奶家的粉月季刚打起的花苞。她浑身上下不见任何锁链,像一股自由清新的风,使得我没来由地深吸了一口气,仿佛她经过的空气都变甘美了呢。莫非她不是人?她会不会是个鬼魂?不会的。她有血有肉,说话声音清脆,走路一步一个脚印。难道她是天使?八珍啊,你想多了!这世界上会有天使吗?我在心里笑着唾弃自己,并竭力忍住回头看她的冲动,在心里数了十个数才悄悄回头追寻她的身影。她却已经拐入精神病院的围墙,那柄小花伞的尖顶在墙上移动了一会儿,不见了。有两只漂亮的蝴蝶也跟我的视线一样,尾随着她上下翻飞了一会儿,才意犹未尽地飞走了。

上班时间一过,世界又安静下来。只有雨声淅淅沥沥,像是寂寞的鼓点敲击着我的心。雨像是长了手,把时辰抻得又细又长。坟地里的亡灵和桃魂已经结束了他们的舞蹈,正陆陆续续往回走。他们轻盈的身体擦过竹梢,竹梢悠悠摇晃,竹叶怕痒似的发出沙沙的笑声。地底下的新笋听见了,努力地耸起细瘦的身子,探头探脑地钻出来一探究竟。二哈和一只雪纳瑞已经在桃林里搞上了,屁股粘在一起,难舍难分。旁边一只棕色的土狗吐着舌头转来转去,跃跃欲试。春季,年轻的狗娃子们发春很正常,就连我这苍老的身体这几天仿佛也被注入了活力。昨晚的梦境突然在脑海中浮现,我的心不禁一阵悸动。

近段日子,我的梦里总会出现一棵树。一棵不知名的高高大大的树,孤零零地挺立在一片荒野上。它的周围白雪皑皑,空旷的天地间呼呼地刮着风……我深深记得,在逃离我的第一个主人李秉福之前,特地跑去那地方。那个画面,我闭上眼睛就会出现——寂静的山坡,白茫茫的雪地,他的脚印由近及远,消失在天尽头。我知道那是我的幻觉。他不可能再出现了,我的主人把他抓去卖了。他被人宰了,吃掉了。他漂亮的皮毛已经铺在了买主的摩托车上,像他伸展着肢体在放肆地睡大觉。

慢慢靠近那棵树,发现它那么瘦,叶子都掉光了,徒留空枝在寒风中颤抖,像我的心,苍凉、悲伤,像一块厚厚的无知无觉的冰。我抬头,透过稀疏的枝丫往上看,天空被树枝割裂成不规则的无数块,阳光刺下来,却没有温度,像是假的。我突然发现,在这棵树最高的枝头,还留有一片叶子。它像条鱼干挂在那里,在寒风中无助地摇摆。"喂,想吃鱼干吗?我给你呀。"我仿佛听见他的声音从什么地方传来。我四顾,回答我的只有风声,吹在脸上刀割一样疼。

  李秉福卖掉我的第一个宝宝后,我逐渐分不清白天和夜晚,眼前的世界二十四小时亮如白昼。除了看透人体,我还可以看穿门板和墙壁。我天天沉浸在恐惧之中,再加上失去孩子的忧伤,这双重打击使我不敢出门,吃不下东西,身上的毛大团大团往下掉。但生活还在继续,我不得不逼着自己接受现实。我很快就学会了如何分辨日夜——白天太阳照在身上是热的,夜晚的月光则是凉的;人走路有声音的是白天,走路没声音甚至躯体会悬浮飘飞的,则是夜半——那些飘飘忽忽的人,其实是亡灵。

  这期间,不断有人找上门来向我的主人预订我生的宝宝。李秉福统统应允下来,一边向人打下保票:"我只提供独狗,你们不能着急。"漫天要价的同时,他还不忘指着我对人说:"瞧,多通人性的狗啊!卖掉孩子,我们家八珍她伤心呢。你们得多担待,让她多恢复一段时日。这样生下来的狗宝宝会更健壮,也更聪明。"

  我慢慢地恢复了健康。李秉福越来越频繁地给我物色各种血统优良的公狗,让我尽快怀孕,好生宝宝换钱。说来也怪,我也的确每次都只生一个。卖掉孩子,我心里很难过。每次走在去送孩子的路上,每踩一步都刀扎似的疼在心里。孩子就像在我的心肠上系了一根链条,他们一离开我,就牵扯着我的心肠阵阵作痛。我也有过带着孩子逃跑的冲动,但看到主人和善的笑脸和温柔的语调——他总是说,八珍,你是一条狗,你得忠诚,知道吗?尤其是碰上我这样好的主人,我供你吃,供你喝,你好好想想,是不是必须得对我忠诚?我就一次次妥协了。当时,我已经清晰地看到了他的心,它是一块漆黑冰冷的石头。我天真地想,它一定会被我焐热的,就像我窝里那块一样。我用体温将其烘热,它也会回报我以暖意,最终抚慰我那颗几近凉透了的心。

金毛出现在我生命中的那一天,天气很好,金风浩荡,秋色醉人。我却独自跑去郊区了,因为我又一次亲自叼着篮子,卖掉了我的新宝宝。我正躲在一个高高的垃圾桶背后伤心流泪,忽然耳畔传来一阵窸窸窣窣的脚步声。然后,我看见四条金色的健壮小腿踩着满地厚厚的落叶向我靠近。我抬起头,看到金毛凛凛的他站在我面前。他是那么英俊,眉头有两点白色的圆圈,眼神里满是疼惜。他居然对我说:"八珍,你的事情我已经听说了。走,我带你去散心。"我用透视眼偷窥他的心,我看见它像水晶一样剔透——他是上苍派来的吗?一定是的。苍天有眼,怜悯我曾经的那些痛和失去,特地派他来到我身边,一次性弥补我了!

我们跑了很远的路,经过一片荒原,来到一个山坡。那里种着一棵孤零零的树,满树的黄叶正在凋落,山坡上像盖着一块巨大的黄地毯。我们在那儿打滚、嬉戏、亲吻、做爱,我有生以来第一次觉得生命如此美好。后来天渐渐暗下来,天空飘起了雨丝。我们还在雨中闹腾,笑啊,跳啊,我们俩身上的毛都被打湿了。他和我拉开距离,调皮地朝我一眨眼,然后浑身就像突然充了气一样鼓了起来。猛地,他抖开了金色的皮毛,雨滴四射开来,他的周身像罩上了金色的光圈。我也学着他的样子蓬起皮毛摇摆,但远远没他有力。他在一旁瞧着,笑得像个傻瓜。后来雨大起来,渗进我的肌肤。他担心我冷,用他高大的身躯贴近我,热烈而温柔地舔着我的皮毛,在我耳边说:"我的小八珍,你就是一颗小珍珠。我要保护你,让你不再受伤害。"我晕乎乎的,丝毫感觉不到冷,我心头热着呢。我昂着脑袋贪婪地舔舐着凉凉的雨水。多么甘美啊,这新鲜的秋雨。我心里多么感激这雨水啊!它使我们更亲近,更甜蜜!我幸福地闭上眼睛,听见了他的心和我的心一起开花的声音。

　　回到台门,夜已经很深。邻居们都已经睡了,我眼里的世界美好而宁静。没想到,李秉福居然不在。我钻进房间,跨进狗窝,就把自己缩成一团,开始一遍遍回忆和金毛一起的点点滴滴。不知过了多久,他带了个蓬头垢面的女人进来了。那个女的我见过。她是个哑巴,来我们台门捡过垃圾。李秉福还给过她几次吃的,每次她都"咿咿唔唔"表示感谢。可能他不知道我在狗窝里,一进房门他就迫不及待地剥去那女人的衣服。看得出女人受到了惊吓,转身想跑,但被李秉福拽住了胳膊。"深更半夜的,你去哪儿?"他低声说,一边空出一只手解自己的裤子。他的脸在灯光下泛着红光。女人将手抱在胸前往后退,一边摇头,满眼都是惊惧。"来,我会对你好的!"他满面笑容,朝女人挺起下身,"乖乖的,不用害怕。不信,你去打听打听我是谁……"女人的眼睛突然瞪大,打了个呃逆,双手开始疯狂乱挥,把他嘴里的碧玉烟嘴都掸掉了。"你不要敬酒不吃吃罚酒!"他被激怒了,弯腰捡起烟嘴咬住,重重地挥手甩了那女的一记耳光,"叭!"女人被他打得趔趔了两步。还没等她站稳脚跟,他又猛地抓住她的头发往下按。那女的挣扎了几下,但很快就跪在了地上。我看见她的身体在止不住地颤抖,听见她喉咙底下在恶心作呕。但她的整个脑袋被他死死拽住,她一点办法都没有。突然,他一把将她拉了起来,像拔起一个白色的大萝卜。女人猝不及防,咿唔一声踉跄着捂住了头皮。他顺势一推,女人倒在了床上。他猛扑上去,将头埋在了女人的腿间,双手迅速伸上去捏住了女人的两只乳头。女人瞬间发出嘶哑而沉闷的狂叫。"舒服了吧?"他咬着烟嘴说话,口齿有些含混不清,但语气里的咬牙切齿却更加鲜明。女人的身体扭动着,两只手死命将他的头向外推。他像是敌不过女人的力了,头一缩。我看见他站了起来,"噗"的一声将烟嘴吐在右手上。我听他好像低低笑了一声,手里的烟嘴狠狠地捅进了女人张开的双腿之间。女人不再动弹,喘着粗气,头歪向一边,眼神空洞而绝望。突然,她的视线与我的视线相遇。她遽然仰身而起,一只手指着我,发出了无声又歇斯底里的嚎叫。

李秉福被撞翻在地。他慢慢扭头,盯了我一眼,咧嘴一笑,然后从女人下体拔出烟嘴,起身朝我走过来。他的胯下,亮着一截短而秃的物件,像一只什么巨兽瞪着的独眼。"八珍,这是你可以看的吗,嗯?"他在笑,笑容跟平常一般和善,又带着一种邪恶。我歪着脑袋默默地看着他,不知道该如何回答他的问题。突然,他右手一抬,"扑哧"一声,伴随着一股我以前从未闻到过的腥气,我左边的世界被捅破、撕裂。随即耳边响起他的冷笑:"瞎了你的狗眼!"在女人惊恐的闷喊声中,我感觉到有什么东西随着温润的烟嘴离开我的眼眶,奔涌而出。随后,我才感觉到了漫无边际的疼痛,从我的左侧颅脑开始辐射。它像一场红色的风暴,将我的全身席卷。

次日,哑女便不知所终。扎我左眼的烟嘴被主人洗干净,又含在了嘴里。只是当时我一点都不知道,它其实还深深地扎在我的心里,扎在我敏感神经的最深处,成了一根永远无法拔除的刺。

我的主人像什么都没发生过一样,无微不至地照料我,用草药替我治伤,换包扎伤口的纱布,喂我吃各种富有营养的汤。伤口在慢慢痊愈,疼痛已经远去,我蜷缩在窝里,喝着他盛给我的肉汤,浑身上下都充满了暖意。我的左眼凹陷下去了,而我的肚子正一天天隆起。我能感觉到里面的小生命在欢快地畅游。这是我的爱人金毛留下的种,我分外珍惜。

金毛偷偷来看我,带着他从外面专门为我偷来的鱼干。我虽然不是很喜欢吃鱼,但说来也怪,那次妊娠跟以往几次都不一样,我闻到鱼干就垂涎三尺。现在想来,是因为那上面混杂了金毛独特的气息。沉浸在欢爱中的我们俩都并不知情,我们的每一次偷欢李秉福都看在眼里。他早已把金毛高价预售给了一家生意如火如荼的狗肉铺。那个寒风肆虐的冬夜,他和一个满脸横肉的男人用一只麻袋套住了正与我难舍难分的金毛,我俩很快被撕开。我被李秉福抱在了怀里,金毛却从此消失在了我的世界里。寝食难安的我,天天溜出去满世界找他。外面天寒地冻,我不知道冷也不知道饿。找了不知多久,最后他来了,轻飘飘的,眼里带着忧伤,却面带微笑。我惊喜万状地叫他,但他却一言不发扭头就走,挨着墙根,走得好快。我不知道他葫芦里卖的什么药,唯有尽力跟上,直到他将我引到一家门庭若市的狗肉铺门口。那儿停放着一辆摩托车,上面铺着一张金毛凛凛的皮,像是他在趴着睡懒觉。我瞬间明白了一切。我悲痛欲绝,向他的灵魂靠过去,默默地抬起头瞅着他。他还是那样,微笑着深情地瞅着我。我仿佛听见他在对我说:"八珍你要好好的,照顾好我们的孩子啊。"我强忍住眼泪,冲他点点头。他像是放下了心,身影渐渐淡去,融化在了铅灰色的夜幕里。

我不死心,第二天又拖着沉重的孕身去了那个遥远的小山坡。可是我在那棵孤零零的大树下等了他好久好久,差点冻成冰雕,金毛的灵魂却没有再次现身。在接下来那个迷迷糊糊的梦里,他仿佛来了,"吃鱼吗?我给你呀。"我循着这熟悉的声音想奋力睁开眼睛去辨认他,他却只留给我一个依稀的背影,在漫天的风雪中,越走越远。

阳光满屋的日子已经远去,惨淡的愁云堆积在天空,每一朵都是不堪阅读的情节,每一朵都有不忍回首的往事。凛冽的风在空旷的大街上奔跑,经常有枯黄的落叶被风刮过来,它在向谁诉说着悲凉?或者它是金毛冥冥中捎来的鱼干,告诉我,既然感受了、失去了、痛苦了,不如就此容忍一切,放下一切?泪水在心里翻滚。我还能做什么,除了等待新宝宝降生?可这种等待的心情依旧是那么不安,像夜晚的飞蛾盲目而痛苦地乱飞乱撞——会有奇迹吗?李秉福他这次会让宝宝留在我身边吗?奇迹或许无望,但我唯有等待。

又过了几天,外面飘起鹅毛大雪,世界很快就变成了冰雕玉琢般的童话王国,我生下了我生命中的最后一个宝宝。她是个女宝宝,有着粉红的鼻头和与她父亲一样金光闪闪的柔软体毛。我欣喜又贪婪地看着宝宝，心里思念着金毛。正黯然神伤，却见李秉福一手捶着腰，一手拎着一个高压锅过来了，高压锅上覆着一块洁白的纱布。他在我面前蹲下来，烟嘴被他从左边嘴角移到右边嘴角，"对不起啊，八珍！我腰椎很不好，我得吃了你的宝宝。人家说刚出生的小狗是强腰最好的补药。"还没等我回过神来，他已一把抓起我湿漉漉的小宝宝，三下两下用纱布裹好，放进了高压锅。我一下子没明白发生了什么，傻乎乎地待在原地，看着他端着高压锅慢慢走出去了。紧接着，眼前的世界一团漆黑，我什么也听不到，什么也看不见了。

等我从天旋地转的黑暗中清醒过来，我慢慢地钻出狗洞，外面的寒风立刻像密箭一般洞穿了我的全身。我看见李秉福正坐在一把小椅子上，哈着腰、笼着手、缩着身子取暖。他眼前的煤球炉上，架着的高压锅外壁还是湿的，正往火里"扑扑"地滴着水。我用我的透视眼看到，那里面有一团白色纱布，纱布里正蜷着我小小的宝贝女儿——她刚刚出生，那么漂亮，我只来得及闻到她身上的香味，我甚至来不及亲一亲她的小嘴……此刻，她还在微微挣扎，微阖的双眼像两颗透明的水晶球，没有任何颜色。她不知道人世竟然是如此险恶，她还什么都没经历过，就要匆匆地离开人间了，而且是用这般痛苦的方式！此刻，李秉福的脸上挂着笑，目光充满火光一样浓烈的期待。我忽然觉得，自己一点都不了解这个人！我可以假装心里没有扎着烟嘴。他卖掉我的孩子、杀掉我的爱人，我也假装自己的心一点都不疼。因为，我以为他或许是爱我的。可是现在，他竟然要吃掉我最爱的宝贝！他的心是一块顽石，冰冷、无情，永远都不可能被外力焐暖。而我的宝贝，我娇嫩的小女儿，她该是有多烫啊！我看见她的身体正在变色，周身细软的金毛正往下掉，最外面那层皮肤开始慢慢起泡。我知道，她最后是要化成水了！不，我不能眼睁睁看着我的宝贝在我眼前消失。我要救她！

我死死盯住李秉福，一步一步向他走去。他的双眼正盯着高压锅出神，红通通的炉火映红了他的眼睛，还有他嘴里的碧玉烟嘴。我已经感觉不到冷了，只觉得全身的血都在像煤一样燃烧。就在血液即将达到沸点的一刹那，我瞅准角度，一头向高压锅扑了过去。高压锅连同煤球炉一起翻倒了。猝不及防的李秉福连同小椅子一起仰面朝天倒了下去，他"啊"的一声惨叫。我看见那烟嘴插进了他的口中，他举起双手掐住了自己的喉咙。我跃过他想去救我的女儿，可是高压锅并没有被摔开。我的宝贝女儿还在里面泡着，她的整个面貌已经有些模糊不清了。我不顾一切地一次次撞击高压锅，但它除了在地上打几个转之外，纹丝不动。我终于精疲力竭，停止了疯狂的无用功，蹲坐一旁像泥塑木雕般看着我的宝贝，想象着她的小身体正在慢慢变冷，心如刀绞却无能为力。这时，我的右侧屁股感到了剧烈的灼痛，闻到了自己皮肉"滋滋"燃烧的焦臭味——是李秉福，不知什么时候他手里多了一根煨红了的捅煤棍。他一边烫灸我的身体，一边挣扎着想要起身。他口里冒着血泡泡，脸上挂着痛苦又狰狞的笑，硕大的脑袋旁，躺着半截碧玉烟嘴。

一个突如其来的喷嚏，把我从梦中打醒。我的爪子感到了雨水的冰冷。这种感觉令我极度不适。我低头察看，原来不知什么时候，我已经躺回了窝里。身子底下垫着的几层黑色旧衣裤似乎饱吸了雨水的潮气,凉意从我的腹部传上来,在我的四肢百骸弥漫开来,一连串的寒噤接踵而至。我伸出爪子,想把窝门给关上,但又一次失败了。我这个窝是一个旧木鞋柜,放在泰山石的里侧,是主人结婚时的物什,门把手上还缠着褪色了的棉花团,当时它是喜庆的玫红色。鞋柜的两扇移门都坏了:一扇是被踢破的,脚印状的黑窟窿还留带着大量毛刺支愣在那儿,像一张大张着的满是烂牙的嘴;另一扇不知怎么就歪了,出了轨,几个小滑轮卡死,再也移不动了。我受了许多皮肉之苦,才学会如何避开那个窟窿安然进出而不被其划伤;我也从来没有停止过试图将这扇好门重新拨拉回正常轨道的努力,因为我还巴望着用它来遮风挡雨呢。但经历了多年的寒风冷雨,眼见着曾经锃亮的导轨被岁月锈蚀慢慢变色,我发现自己已经越来越没有耐心,也越来越力不从心。

女主人回来了。她一手撑伞,一手拎着刚买的菜,肥大的身躯冒着热气。她收了伞,往我的饭碗里丢了一包牛杂碎,就趿拉着拖鞋进了屋。下雨天,我猜她今天不会洗衣服,而是又该进行一个人的麻将运动会了。果然,不出十分钟,我就听见屋里传来自动麻将机开启的声音。然后,洗牌、摸牌、打牌,接着,又是一轮洗牌摸牌打牌。说实话,我这女主人待我不薄,她喜欢吃肉,给我吃的也是全荤。虽然隔壁花奶奶曾经过来劝过她,对她说,"你应当多吃素,像我一样。"但她根本不听,依然我行我荤,每天往嘴里塞大量垃圾食品。跟那些在精神病院上班、每天都精心装扮的女人不同,女主人几乎从不打扮自己,上街都不换衣裳,一年四季睡衣裹身、拖鞋度日。我估计,这可能是男主人长年不回家的原因所在。很久以前,男主人曾回来过一趟,带着一个妖冶的女人。女主人把卧室让给他们,自己睡沙发,第二天还巴巴地煮东西给他们吃。这些我都透过墙壁看得一清二楚。男主人很快就带着妖女走了,临走时丢给女主人一沓钱,并像上次离开时一样叮嘱女主人:"你要照顾好玻璃眼,我的命都是它救的。它要有什么事,你也甭想活!"接着又对我说:"玻璃眼,继续看好家。我有空就回来看你!"

女主人没有工作,平常最喜欢做的一件事情就是洗各种黑色衣裤——男主人的黑裤子、她自己的黑衣服。她总是洗啊洗啊,搓啊搓啊,一双手洗得发白、发红、发胀,门口的小水沟里淌满了泛着白色泡沫的黑色污水,我窝里褪色的黑衣裤也越垫越多。花奶奶看不下去了,特地走过来,好心地提醒她:"在水里搁勺盐,它们就不会褪色啦!"但我的女主人还是兀自洗啊搓啊,头也不抬,半响后才闷闷地回答说:"我洗炭呢,您莫管……"花奶奶听了,若有所思,又呆呆站着看了一会儿,才叹口气,走开了。冬天天气晴暖的日子,女主人就不洗衣服了。她把沙发搬出来,躺在我旁边,头朝大路,脚抵"泰山石敢当",脱下睡衣来遮在面部挡太阳。我常常用无比哀伤的眼神看着她,打量她那颗枯井一样的心。她却无知无觉,闭着双眼流着口水,睡得像一座小山。我看见她粗短的脖颈处滑下来一根巨大的铁链,一头被她自己紧紧地攥在手中。

我的这个男主人说他的命是我救的,其实最初是他先救的我。逃离李秉福后,我跑了很多路。我从寒冷彻骨的冬季一直跑到春暖花开,住过煤窑,钻过垃圾桶。我身上的伤口,在这个过程中竟然自己痊愈了——以前每一次受伤,我都是在李秉福的精心照料下恢复健康的,我甚至以为离开他我必死无疑,尤其是当伤口面积越来越大,溃烂越发严重,有一天我甚至舔到了里面的骨头,发起高烧,几近昏迷。混混沌沌中,我的眼前出现了李秉福。他还是老样子,含着那个碧玉烟嘴,温和地对我笑,拿肥厚的手掌摸我的脑袋,嗔怪我不听话,还说:"我这就去煎车前草给你喝。"我有些感动,也有些内疚,在心里问自己,生而为狗,难道我的所作所为果真已违背了天命?而逆天而行就要受到严苛的惩罚。现在我的主人不计前嫌来照料我,这是真的吗?我突然一激灵,睁开了独眼。这一瞬我全身的毛都炸开了:眼前真的飘浮着头脸臃肿的李秉福!他嘴里含着半截玉烟嘴,瞪我的眼神里交织着太多的内容;我还注意到他手上捏着一团湿湿的纱布,里面裹着我的女儿。她睡得非常香甜,葡萄一样的眼睛闭着,柔软的体毛黏着小小的身体,跟刚出生时一模一样。我突然明白过来,他们都已经死去,这是他们的亡灵。估计李秉福找了很久,才终于找到了我,但他已经再也伤害不到我了。我成天悬着的心,一下子放下了。于是,我对着他的亡灵说:"别再跟着我了,我不会跟你走的。我已经独立,接下来是生是死,我自己来把握。麻烦你照顾好我的宝贝儿,拜托你了。"他默默地瞅着我,目光黯淡,但表情平静了下来。这使他看起来又恢复了几分原先的和善。于是,我又问他:"我们这样子,算扯平了吗?"他像是没听见,一个轻捷的转身,带着我的孩子飘走了。我努力凝神想看清他的心,是不是还以前那块石头,但终究是看不清了。

那天,我栖身的那个地窖门口遍地都是车前草。我啃吃了一堆,又吐了几次,再逼自己啃吃,然后狠狠地睡了一觉。醒来,烧竟然就这样退了。

后来，我在一个城乡接合部的建筑工地上待了很久。那是我住得最奢侈的一段日子：每天在一个房间里看着太阳东升，在另一个房间里目送太阳西落；我喜欢在无人打搅的露台上趴着，看着长颈鹿一样的吊塔扭着脖子转来转去，看着钢筋水泥如森林般节节拔高。脚手架把这些摩天大楼捆得严严实实，黑蚂蚁一般的建筑工人钻在里头蠕动爬行。经常有一串串急雨般的火光四溅着飞流直下，它们稍纵即逝，又前赴后继。我知道那是焊花，一小片拥挤与空洞被照亮，又即刻恢复黑暗。我也会顺着高楼的窗口往下望。我望见一片杂乱无章的小平房，像饺子馅一样裹在楼群之间。那儿白天静悄悄的，连乞丐也很少光顾；晚上却常常亮起暧昧的粉色灯光，三三两两的民工会在那一片地儿进进出出。如果说我之前唯一没吃过的苦是挨饿，那么当时我唯一吃的苦就是挨饿。我吃路边的死麻雀，吃田野里的死青蛙，吃草，吃一切可以抵挡饥饿的东西，唯独不吃屎，也坚决不捉老鼠来吃。我坚持着我骨子里的"高贵"。可能这是我对我前主人李秉福唯一的纪念方式，权当是对他在阴间"照顾"我女儿的回报吧。

我天真地以为那么多农民工吃剩的饭菜足以果腹，结果农民工都是光盘行动的最好实践者。我想离开那地方的时候，已经瘦成了皮包骨头，但我发现自己可能离不开了。那工地好大，就像是迷宫。天渐渐暗下来，我还头晕眼花地在里头绕圈子。再后来，不知怎么的，我就被一群农民工团团围住，逼到了墙角。他们都没说话，但我看见他们嘴里都伸出了长而柔软的触角来，想把我缠吸进去，填进他们清汤寡水的胃里。在那些发着可怕绿光的眼睛后面,我注意到了一对漆黑的瞳仁。我心里升起了最后一丝希望,向这双眼睛的主人发出了哀求。于是,这双眼睛的主人——这个名叫阿刚的人竭尽全力扒拉开那些壮实胳膊,冲上来用他瘦小的身躯护下了我。"这狗这么瘦,没多少肉,不如留着它给我们看家吧!"那天,他身上挨了好几巴掌。那些手掌落在他身上的声音很脆,像是落在了金属或纸片上。阿刚实在太瘦了,身上没有几两肉。那晚,他不敢让我单独睡,把我紧紧搂在怀里。我瑟缩在他单薄的胸前不敢动,觉得一动,我的骨头和他的骨头会把彼此的身体给硌穿。

接下去,阿刚天天把我带在身边。每次吃饭,他都会给我留一口吃的。有肉吃的日子,他总会丢几块给我。如果是肉骨头,他总会挑带肉的给我吃。他说,玻璃眼,吃吧,看你瘦的。他不知道我叫八珍,看我的独眼像个玻璃球,就给了我这样一个新名字。当然,我也没有办法否认他。我看到他还没完全长开的身体里,一颗心纯净得像一张白纸。

阿刚他们睡觉的地方离建筑工地有一段距离,是一个大棚屋,靠着一座山。三十多个男人,住一个大通间,有的人连床板都没有,往地上铺几层纸板箱就凑合着睡了。阿刚本来睡一块窄长的三合板,身体可以仰八叉一样在上面摊开。但收留了我,阿刚的床就不得不让给了别人。那些人说,狗给你留下了,你也总得表示表示。那几个没有床的人,就用猜拳的方式轮流睡阿刚的三合板。那个棚屋的地面是泥的,干燥的日子粉尘呛人。那一段日子天天下雨,地面就异常潮湿,甚至好几处能渗出水来。阿刚身子底下的纸板床因为受潮而变得软塌塌,他的肩胛骨经常硌到的地方已经快沤烂了。阿刚就跟大伙儿叫屈,说这么湿的床睡久了人容易得风湿病。那些男人中就有人说，我们讲黄色故事吧，让阿刚上上火，就不会得风湿了。于是那些人就开始一个个讲黄色故事，无非是他们去红灯区经历过的男女之事。阿刚听着听着就捂住了耳朵。然后就有人假装起来去外面撒尿，经过他的时候突然大叫一声："哈哈，果然翘起来了！"阿刚闻言，赶紧把身体反了个面，趴着睡了。

　　有一个晚上，天下着大雨。那些男人讲了好多黄色笑话，都已沉沉睡去。我知道，这些人每天干着高强度的活，都累坏了。更何况，他们每个人身上都拴着一根隐形的铁链。这些铁链他们连梦里都很少有解下的时候，能不累吗？但那晚他们的呼噜声一点都不似平常那般大得像炸雷，而是像春夜温柔的蛙鸣此起彼伏。可能是雨声实在太大，盖过了呼噜声吧。阿刚却一直没睡着。他的身体烫得像在烧，小腹前有物件把他短裤撑得老高。他起来喝了好几次水，站在门边往外面如注的大雨里撒了一泡尿，回来依旧翻来覆去折腾个没完没了。到了下半夜，外面的暴雨依然下得有如瓢泼。我迷迷糊糊中感觉到阿刚的身体突然绷紧，成了一张僵硬的弓。我急忙睁开眼睛，只见他正慢慢把手伸进短裤里开始抚弄。随着他的手势越来越快，他的面部开始扭曲，不停在咽口水。我窥见他的喉咙底下硬生生憋着一团火。突然，伴随着一阵奇怪的声音，阿刚的床边顷刻间呼啦啦就围满了人。那些工友们不知什么时候都起床了，他们所有人对着阿刚的行为指指点点，嘻嘻哈哈，兴高采烈，手舞足蹈，且一个个都满面红光，一点不似平常疲惫不堪或淡漠无趣的样子。我以为阿刚肯定会无地自容，然而阿刚却依旧沉迷在狂热的自慰中，眼睛半闭，迷迷瞪瞪，对他们的围观无知无觉。一道雪亮的闪电突然间划破了我的意识,不对呀,那些人身上的锁链呢?怎么都不见了?!不,这不是他们本人,而是他们的灵魂!但还好,我发现阿刚颈项间的链条还在。我扑过去咬,却扑了个空。啊,那链子根本不存在。我顷刻间醒悟过来,那是我的幻觉。我发了疯似的跳起来,一口衔住阿刚的脚踝就往外拖。阿刚的自慰被我打断,又蓦然负痛,一声惨叫,挣扎着要蹬开我,但我管不了那么多,只顾死命咬着他往外拖,忽然他停止了踢打,嘴里发出惊骇的狂叫。我赶紧松口,不敢抬头,更不敢回头,只顾拼命往前跑。我听见身后传来"轰隆隆"的异响,由远及近。这声音盖过雨声,像怪兽喘着粗气在追赶我们,越逼越近。我用尽了吃奶的力气与它赛跑,身边的阿刚也一路连滚带爬。我感觉怪兽好几次都扑上了我的腿,但都被我甩掉了。终于,怪兽比我们先一步筋疲力尽。它停了下来,世界仿佛在一瞬间静了下来。我知道,我们活下来了。我和阿刚靠在一起瘫倒在地,两具精湿的身体因为冷和恐惧抖得像筛糠。冷雨还在兜头浇泼,透过疯狂的雨帘,我看见,刚才我们滚爬过的地方,出现了一堆乌黑的庞然大物。是山体滑坡!我们睡觉的棚屋、睡在里面的所有工友,都被埋进了泥石流,不见了。当阿刚从极度的惊恐中醒过神来,他一把抱住我,哭了个惊天动地。第二天,这次灾难的唯一幸存者阿刚被一个神秘的人喊走。回来时,我看见他裤兜里多了厚厚的一叠钱。随后,他就带着惊魂未定的我踏上了回家的旅途。

　　李秉福出去了。我和金毛躲在屋里交媾。我们躲在那张巨大的红木床背后,身体连接在一起,心也连接一起。我又紧张又兴奋,听着金毛急促的呼吸,便知他也跟我一样快乐。我们的头齐齐地望着门的方向,我看见天光透过雕花床板的镂空纹打过来,像一道道蓝色的缎带,里面有细细的灰尘在飞翔。突然,李秉福的脸出现在我眼前,他好像是来搜捕我们的。金毛顷刻间就离开了我的身体,倏然消失。我的心一空,像掉入了冰窖。我想让他把我带走,但我无能为力。他消失得太快,我甚至来不及发出叫声。更何况李秉福一直虎视眈眈地盯着我,我逃不开。我害怕自己一动,就会被他发现,露出马脚。但我和他之间又好似隔着一层白纱,我可以看清他的面孔,他却看不见我。因为他的目光是涣散的,并没有集中到我的身上。我屏住呼吸,看见他的目光像雷达一样扫过来,那支碧绿的烟嘴顶起白纱就要戳到我仅剩的右眼。我再也挡不住我胸中的恐惧,大叫一声,醒了过来。

  我不知道,怎样才能彻底摆脱李秉福。明知他已死去多年,但他依然会以这样的方式出现在我的梦里,成为我无法逃遁的梦魇。我只有再一次告诉自己,我是安全的,我现在过得很好。此刻,天已大亮,雨已经停了,太阳出来了,草尖上挂满了晶莹的小水珠。我趴在窝里,脑袋每侧动一下,那些水珠的光就变一阵颜色。它们像五颜六色的小闪电,纷纷扰扰地朝我的独眼飞投而来,直刺我心。两只小麻雀飞下来,一跳一跳地靠近我的饭碗,见我没有动静,就放大胆子开始啄食里面的饭粒。女主人已经外出。今天无雨,她居然忘记给我锁上铁链了。

  红色桑塔纳驶过去,精神病院上班的时间到了。我决定等车流通过之后,再起身到处去走走。刚这样一动念,迎面就走来了那个年轻的女孩子。她友好地冲花奶奶打招呼,夸她的花美，然后给花圃里新开的花拍照片。随后，她一步一步向我走近。我赶紧端坐好，像要接受她的检阅。果然，她在我面前停下了脚步。"你好！"她微微低下头来，清澈的眸子里满是怜惜。我突然很讨厌这样被她注视，哪怕这人是我暗自喜欢的。我就在喉咙底下向她发出了威胁，我的意思是："走开。"那女孩子显然是受惊了，还吓得够呛，脸色苍白捂着胸脯快步逃开了。但她很快又停下了脚步，回过头来瞅我。我赶紧挪开自己的视线，免得让她知道我在注意她。结果我慢了半拍，让她注意到了。她像是一下子就读懂了我的心思，脸上挂上了歉意的笑。"我就知道，你是肯定不会吓唬我的。"她竟这样对着我说，向我这条老狗表达一个人类的歉意。我心里为什么突然那么酸？那酸劲儿还一个劲儿往我的鼻腔里窜！我只好抬起头，故作傲慢地将我唯一的眼睛望向天空，免得里面那股酸楚化作液体溢出来。

女孩子朝我摆摆手走了。她今天脚上蹬的是一双浅口花布鞋，没有穿袜子，裸露的小腿表面像涂了奶油一样白皙。我目送着她的身影又一次消失在精神病院高高的大铁门内，心里泛起了淡淡的惆怅。不知为什么，我脑子里竟然升起这样一个荒唐的念头：如果我的宝贝女儿转世为人，她身上的味道应该就是这样，甜丝丝的吧。

我迎着太阳走去，看见自己的身体在阳光下是半明半暗的。凭着直觉和多年前的记忆，我走出了山岙，来到了大街。鳞次栉比的高楼耸立在街道两侧，繁华的景致令长年封闭的我感觉自己掉入了一片汪洋大海。眼前川流不息的车辆和人流像一条湍急的河流，使我头晕目眩。我像一颗被弹出去的玻璃球,迷失了方向。我逆着人流向前,耳边不时传来叫骂,也不时有人转过头来看我然后尖叫着避开,我只顾低头行走,我也遇到了好几条我的同类,那是在斑马线上,他们都被人牵在手里。但我没有与他们的眼神做任何交流,不是我没有勇气,而是我笃信自己与他们格格不入,我们来自不同的世界。

就在我逛得浑身乏力、快要失去信心的时候,在一个街心花园的栏杆旁,我看到了我的女主人。她支着画架,硕大的身躯坐在一把帆布小凳子上,正在给一个路人画像。出乎意料的是,今天她穿的不是睡衣,而是风衣。她的头上还戴着一顶格子的宽檐帽,看起来就像一个艺术家。我悄悄地隐藏在一棵大樟树后观察她。她是那么入神,微微侧着头,紧紧地抿着厚嘴唇,鼻翼上闪着一层亮而细密的小汗珠。一阵风吹过,细小的香樟花掉落下来,落在她的帽子上、身上,还有她的脚上。我看见她脚上依然踩着一双拖鞋。

午后的春光温暖和煦,腹中空空的我却觉得这样的时光慵懒而惬意。回去时我走上了一条偏远的小路,没有穿梭往来的人群,没有各种烧烤油腻的味道。我独自彳亍着前行,直到鼻端迎来了油菜花浓郁的气息,忍不住打了个大大的喷嚏。

当你走进油菜花地这个金色的海洋时,就会体会到什么是真正的自由和解放。阿刚带我回到他的家乡时,正是油菜花盛开的季节。平时又蔫又缩的阿刚,到了田野上却完全变成了另外一个人。他仿佛一下子长高了好多,脸上的笑容不再苦涩,而是像油菜花一样明晃晃的了。我跟随在他身后,漫步在田埂上。阳光下的油菜花香令人昏昏欲睡,云朵在天空中变幻着形状。我的耳畔全是蜜蜂的飞舞声,和阿刚接连不断的喷嚏声。

我以为,我会跟他在这个美丽的地方安顿下来。我喜欢这里的蓝天白云,喜欢这里的青山绿水和干净清透的空气,还有夕阳西下时的袅袅炊烟。这里的一切让我觉得心安。我想,跟一个疼爱自己的主人一起老死在这个地方,会是一件极幸福的事。但是我想错了。田埂上的阿刚突然开始奔跑,张着细长的双臂,像一只黑色的鸟。但这鸟不是飞在空中,而像是在这片金色的海洋中游泳。油菜花海太大了,阿刚这只鸟游得很累。他最后挥动手臂的样子,像是潜水太深的人氧气快用完了在拼命挣扎。阿刚跑的时候我也跟着他跑,我很快超过他跑到前面去了。等跑过去之后,我又停下来回头看他,却看见他满脸都是眼泪鼻涕,呼吸急促得像拉风箱,就像山体滑坡当晚。他哭得上气不接下气,整个脸都肿了。

阿刚的家乡是个典型的穷乡僻壤,全村没几户人家,老弱病残占多数。他年迈的父母长期跟他哥嫂住在一起,顺带照顾他们的孩子。那片油菜田,就是他家所有的产业。父母留给他一间老房子,因太久无人居住,房前屋后满是乱草,像是废墟。那个夜晚,阿刚坐在门槛上喝酒、抽烟,我靠着他的腿蜷坐着。他的心是空的,我什么都看不到。而在我们头顶上,挂着一个又大又圆的月亮。夜深了,风吹过,月亮落在了屋顶上,暗蓝的苍穹空阔明净,像一面孤独的大镜子。我听见阿刚埋下了头在呜咽,后来变成了哽咽。他不知道,在这个过程中,我看见好几个鬼魂打着绿幽幽的鬼灯笼在他家的院子里反复翻刨着什么,很艰辛的样子。院门虚掩着,一个走路步态不稳、面色苍白的女鬼进进出出像是喝醉了。后来,阿刚起身去撒尿,那些鬼魂就一哄而散,不见了。诡异的是,第二天村里就有一个女人喝农药自杀了。我跟着阿刚去参加那女人的丧事,那躺在棺材里的正是那个脸色苍白的女鬼。后来我回想了一下,山体滑坡那晚,其实在泥石流把那些工友们吞噬之前,他们已经一个不剩地死去了。难道不是吗?这个发现让我惊恐于自己的未卜先知。

因为该死的花粉过敏症——阿刚跟他的父母亲和哥嫂是这么解释的,他给他们留下一笔钱,就带着我又一次离开了家乡。阿刚注定不是个甘于贫穷的人。有太多跟他父兄一样的人,在这片土地上种地、除草、喂牲口,最后在某间旧屋里等待死亡。阿刚再一次选择外出打工,就是不想待在家乡,继续重复他们的苦难生活。这些话,他晚上睡觉时跟我唠叨了一遍又一遍,我都可以背下来了。

这次,阿刚并没有走多远,他在小县城租了房子住下来。但工作并不好找。他起初做各种生意,贩卖水果、蔬菜。后来,开始帮人送外卖,在医院门口倒卖专家号,去车站当票贩子。但都不是很顺(我的存在也给他增添了不少麻烦),也挣不到什么钱。接着,他跟着一帮人去给一个黑社会老大看场子。没多久,黑老大犯事跑路,其他人作鸟兽散。他却开始学黑老大,自己组织外来妹搭起帐篷走街串巷搞脱衣舞表演。那是他赚到钱的第一步。也是从那时候开始,他再也不是先前那个又蔫又胆小的阿刚了。

有了钱,阿刚就租了一个办公室。里面异常简朴,只有一张办公桌,上面放着一个烟灰缸,唯一醒目的标志是办公室门楣上挂着一块牌子,上面用红笔号着三个字:总栽办。我很替他着急,因为我识字,知道"栽"字不对,"总栽"也很不吉利。

但没办法,他自己写的字,他很满意。每次经过这块牌子,他都要笑眯眯地站下,盯上一会儿才进去。果然好景不长,他的草台班子很快遭人举报,被公安端了,他手下的几个姑娘和卖票的搭档都被押上了警车。好在那天我提早嗅到了空气中的不安味道,千方百计阻挠他离开住处。等他挣脱我的有意纠缠来到表演场地,正好看到警车"呜啊呜啊"地鸣着笛绝尘而去。

阿刚更信任我了。他带着我,又开始了新一轮创业。他跑到另一座小城的城乡接合部在一处山脚下租了几间闲置的破厂房,也不装修,也不打扫,把我关在这厂房里出了趟远门。当然,他给我备齐了够吃几天的食物和水。回来的时候,他的身边多了一个女的,就是我现在的女主人。很快,生产设备也运到了,原材料也陆续运来了。这次,阿刚制造的是假洗发水,牌子都是市场上热销的。生产线只有一条。工人是山脚下的村庄里现招的临时工,都是一些家庭妇女,给家里做了饭洗了衣裳后抽空来灌装一下,计件制,不定时,非常灵活;出货都在深更半夜,除了阿刚自己,谁都不知道货运去了哪里。

女主人是个出色的画师,她画出来的印刷版子几可以假乱真。她当时还是个瘦瘦的发育不良的女孩,既没胸,也没屁股,干瘪、少言寡语。我不知道阿刚喜欢她什么,直到有一次我看到他悄悄站在她的工作室外偷看她临摹印刷版。她投入的样子真的很美,是那种娴静却动人的美。暖色调的灯光下,她眼睑低垂,密密的睫毛像帘子一般遮下来,在她眼窝处投下一片暗影。她的鼻头有点宽,塌塌的,上面布满了细细的汗珠。她的嘴巴紧紧地抿着,厚厚的嘴唇颜色暗沉,仿佛堆积了好大的力气在上面。我看见阿刚注视她的目光里充满了以前从未有过的柔情。

  一个有月亮的夜晚，我在厂房附近溜达，阿刚他俩一起散着步出来了，我赶紧把自己藏在了围墙后面。后来，他们来到我跟前的一棵树下。女主人背靠着树干站住了，她的脸红扑扑的，双眸在月光下闪闪发亮。阿刚起先局促地看着她，接着突然伸出手将她整个人圈了起来，然后就噘起嘴唇印向她的厚嘴唇。她没抗拒，反而闭上了双眼。两个人开始接吻。我看见女主人的右小腿弯起来抵住了树干，看见阿刚的身体开始紧紧碾压她薄薄的小身板，仿佛要把她整个人嵌进树干里去。我听见他俩在喘息，然后看见他们停了下来，手拉手飞快地向厂里飞奔而去。那一刻，我看见他俩的身体被一根链条连在了一起。我又忍不住扑上去，想咬断他们之间的链条，当然又扑了个空。但女主人却咯咯笑着对阿刚说："玻璃眼嫉妒了。"一边踹了我一脚。我就像一个玻璃球，滚跳开去了。这时候，月光明晃晃的，像一面大镜子。我看到自己通体透明，连影子也仿佛被穿透了。这让我不知所措了。

  在女画师的辅佐下，阿刚那些价廉物美的假洗发水供不应求。这一点可以从越来越多的夜班工人看出来，也可以从他们开心愉悦的表情推断出来。为什么说这些假洗发水物美价廉呢？因为我是这些洗发水的最早受益者。我觉得用这些洗发水洗过澡之后，我变得前所未有的干净，毛发蓬松、柔顺，浑身散发出洁净高雅的香味，且并没有对我的肌肤产生任何伤害，我也没有过任何不适。我常常纳闷：这么造福于人的好事，阿刚他们何不加大生产规模,还要偷偷摸摸干呢?后来,他被前来打假的人追捕,我就是这样跟在那些人后面拼命质问的:假的东西只要不害人,多生产一些又有什么不妥呢?

那次来打假的人没穿制服,伪装成普通游客假装来厂里问路。他们人多势众,很快就将毫无防备的阿刚团团围住。两个身强力壮的大汉一左一右反剪了他的双手,带头的才亮出派司表明了身份。一群人兴高采烈地押着他,走向厂房外的商务车。这种无耻的欺骗之术使我非常愤怒,我想要窜上去咬那个带头的,但阿刚斥住了我。"去!别给我添乱,帮我照顾好那小娘们儿。"他从来不喊女主人的名字,总叫她小娘们儿,所以我至今不知道她究竟叫什么名字。我只有紧紧闭上嘴,向小娘们儿脚边走去。我怕我一张嘴,就会一口咬掉抓阿刚的人腿上的肉。小娘们儿却一脸平静,一言不发地看着那群人一个一个上了车。那两个反剪着阿刚的手的人落在最后,在他们即将把阿刚推进商务车门的时候,她突然疾步走上去,"等一等",她口吻淡淡地,眼睛注视着阿刚说,"你得给我一个交代。"那两个人不明所以,停下脚步对视了一眼。就在这一瞬间,我的女主人突然发力,两只手狠命推向那两人。两人猝不及防,松了手趔趄了几步,一个差点歪倒,一个撞在了车身上。阿刚在这刹那夺路而逃。他跑得如此之快,比山体滑坡那次逃命还要来得快,简直就像一粒出膛的子弹,一路沿着山脚狂奔而去。等那些打假的人回过神下车来追,他的身影已经越过小山嘴不见了。

打假的人没有执法资格,对着一问三不知的女主人束手无策,最后把厂里的东西装了个精光,悻悻地走了。女主人在空荡荡的厂房里,守着一部电话机不吃不喝地度过了整整两天两夜,没有等来阿刚的任何消息。第三天一早,有个完全陌生的男人骑着一辆自行车,送来了一封信。女主人飞快地拆开来,飞速看了一遍,然后找到一个打火机把信烧了,胡乱收拾了一下东西,带上我离开了那个地方。

我以为她会带我去跟阿刚会合,结果不是,她只是带着我去进货。她重新订购了一批原先的那套流水线和原材料,回来继续干起了老本行,最危险的地方才是最安全的。而且她手头并没有现金,是先问人家赊的账。我不得不佩服这小娘们儿的魄力。她单枪匹马,竟然在一条崎岖的道路上跑了整整两年,直到阿刚再次出现在她身边。

然后,他们搬家。他们结婚。他们吵架。阿刚在崭新的鞋柜上留下一个愤怒的脚印后,再次离家。

同样是等待,那个破败的造假工厂里的日子显然更值得回味些。那些等待阿刚的夜晚是那么漫长,长得犹如一根无形的铁链,怎么也收不完、揽不尽。回忆起和阿刚在一起的那些日子,想起那虽苦犹甜的点点滴滴,我的耳边就会响起阿刚略带孩子气的笑声。我久久地望向通往厂区的小路,希望那里出现的每一个身影最后能变成阿刚,但每次总会失望。我也注意到,女主人常常会痴痴凝望深邃的天空,从白天到黑夜,由黑夜又到拂晓。有时候她画画,一边画,一边哭,眼泪滴在稿纸上,时缓时急,像下雨。她浑身上下透出一种无可救药的孤独。这样的时刻,我就会悄悄来到她的脚边,伸出舌头舔舔她的脚踝。我觉得我们已经成了亲人,对同一个男人的思念已将我们俩连在了一起,就像被拴在了同一根链条上一样。

走到花奶奶家门口的花圃前,我已经筋疲力尽。眼前起了很厚的雾,像牛奶一样飘浮在空中。我的视线不是很清晰,但我知道现在已经是晚上了。好多人从我眼前滑过,无声无息,面无表情。我知道他们是过路的亡灵。突然,我看到了花奶奶的身影。她正站在花圃里佝偻着背,像在赏花。我便踩着迷雾走到她跟前。她在微笑,湖水一般湛蓝的心,正在凝成冰蓝的水晶。而她眼前,茉莉正在绽开她白色的花苞,一种苦涩的清香盘桓在沁凉的空气中,令我有点想哭。一旁的绣球花籽儿也结出来了,前几天还空空如也的花托上,居然已经拱出了一盘盘细密的绿珍珠。这种绣球花开起来大得很,白色的一团团。我有时候远远望过来,会觉得这绿树前倚着的,是一个缀满白花的大花圈。呃,我今天这是怎么了?怎么尽想些不吉利的东西呢……花奶奶这大晚上的,不好好睡觉,出来作甚?

突然,有人从花奶奶家里出来了。那人瘦瘦的,理着飞机头。他一见我,立刻低下了头,沿着墙根快速往前走。那么晚了,他是谁?他在花奶奶家干什么?我立刻朝那人大喝一声,"站住!"我的叫声引出了睡眼惺忪的二哈也跑出来,朝着那人大叫。"飞机头"惊骇地停下了脚步,往后小小地瑟缩了几步,然后猛地撒开脚丫从我和二哈中间穿了出去,一边狂奔,嘴里一边发出大喊:"奶奶!奶奶!我不是故意的!"那声音完全走了调,像是变声期的孩子,又像苍老的耄耋老者。我赶紧转头去看花奶奶。我看见,刚才还一脸温柔的花奶奶忽然一把捂住了胸口。我听见了什么东西崩碎的脆响。那是她的心在分崩离析,裂痕迅速发散开来,千万条歪歪扭扭的狰狞曲线伸出魔爪,占领了整块蓝水晶。

花奶奶死了。

花奶奶死了。

那孩子是杀人凶手。

对,就是那小时候老来拿钱的小男孩。他来偷花奶奶的钱,惊醒了花奶奶,结果把她推倒了。

我和二哈说了一晚上,也叫了一晚上。但我的女主人没有回来。周围也没有人注意到,有两条焦躁的狗狂吠了整整一夜。

声嘶力竭之余,我和二哈决定趴在花奶奶家门口轮流休息。他喊累了我再接上,以节省体力。浓雾已经散去,月亮露出了白白的脸盘。我突然想起在乡下陪女主人的时候,也有这么一个晚上,她没有回来睡觉。当时阿刚不曾露面已快一年半了,女主人已经不再痴迷于画阿刚的头像,她爱上了吃膨化食品。那时候这种食品还很罕见,她每次出货都要从城里捎回来一大包,成天价"酥噜酥噜"往嘴里填着,整个人像气球一样越吹越胖。

见她深更半夜还没着家,我就去下面的村庄找她。我想,阿刚把这小娘们儿托付给我,我必须为她的安全负责。

那是夏天的夜晚,月亮在云层里隐隐现现,田间蛙鸣阵阵,路上蚊虫飞舞,晒谷场上四处飘扬着自制蚊香熏过的淡淡烟气,村里一片寂静。农村人睡得早,这个时辰搁有婴儿的家庭,孩子都奶第二遍了。我很快就循着小娘们儿的气息找到了她的所在。她在一个傻子的床上。他们在肉搏,像两个有深仇大恨的敌人。那傻子像牛耕田一样在女主人身上折腾。女主人正努力咬住嘴唇不让自己发出叫声,那红通通的脸上显露的表情不知是痛苦还是欢欣。

我认识那傻子。他是厂里的临时工,平时爱偷看村里的媳妇、大嫂洗澡,一边看一边自慰,被人抓过现行,饱揍了一顿,但他依然故我。厂里的几个老妇人有一回开玩笑说,听说他的阳具非同寻常,让他露出来给她们看看。他就果真褪下裤子把他黑漆漆的大棒槌拉了出来,在场的男人见状都哈哈大笑,女人们都一下子捂住脸别过身去。这时,我看见女主人正好从楼梯下来,欲转弯时看到这一幕。她停下了脚步,悄悄倒退回去,将身子紧贴在墙角,往还在提着裤子傻笑的傻子这边偷看,一张脸涨得通红。

我没有打断他们的好事,而是在傻子家门口坐了一夜。我不愿多管闲事,再说阿刚那么久不在她身边,她也够苦的。更重要的是,我也不想让别的人或狗来管这事。我得保护好她。然而,那小娘们儿在天色微明的时候出门看到我,红润的脸一下子失了血,在她身上黑衣服的映衬下,显得格外苍白。回到厂里之后,她就开始洗澡,然后拼命洗那件黑衣服。但是,没几天后,她就将我用一根不知从哪里买来的铁链拴了起来。除了下雨天,再也不曾放开。

麻将机是她和阿刚结婚后买的。她不再像之前在制假工厂时那样黑衣夜行、频繁外出,而是待在这偏僻的山岙里,一个人钻在房间搓麻将。确切地说,是摸麻将牌,直到盲摸技术炉火纯青。我曾经透过墙壁看她摸一个、报一个,然后自己看一眼,正确,她就笑一声,往地上丢一个,直到把所有麻将牌全部丢在地上。最后,脱了衣服躺上去,在上面慢慢滚动,麻将硌痛了她。她面目狰狞,却又似乎乐此不疲。情绪低落的时候,她不摸牌,而是找出黑衣服来洗。洗的时候她的表情如一块铁板,只有平静。但我清晰地看到她全身的血液都在疯狂地流窜,在沸腾,像随时都有可能掀起海啸。她沉默着,咬着牙关,腮帮子一阵一阵出现菱形的肌肉。我非常希望她能够掉眼泪下来,像江河决堤那样,否则我担心她会爆炸。但是,她没有。可能水是有抚慰作用的,因为洗着洗着,她身上血液的流速渐渐减缓,罩在她周身那个热气腾腾的光圈不见了。

迷迷糊糊从浅睡中醒来,清晨已伸出双手拉开了蓝色的天幕,苍白的月亮悄悄退到了山尖上。接着,从云的裂缝里,阳光像一把橙黄色的扇子,斜斜地展了开来。这几道光芒带来的暖意和天刚破晓时的寒气交织在一起,使我感到了一种从未有过的倦意。二哈还睡得像死猪。我在他耳边喊了两声,他才发着愣支起了身子,茫然瞪了我好一阵子,才完全清醒过来,又开始眼含热泪发出哀号:"奶奶死了,我可怎么办啊!"

我鄙夷地瞪着蓬头垢面的二哈说:"你去看着花奶奶。"然后站到了马路中央。很快,精神病院院长的红色桑塔纳驶来了。我没有逃避,反而迎了过去。他停了下来,下了车。我朝他叫,告诉他有人死了。他皱着眉头看着我,一脸的嫌弃。但我不屈不挠地继续向他叫个不停,让里面的二哈也发出叫喊声。院长终于明白了,一个箭步冲进了花奶奶的家。然后,他报了警。

院长的桑塔纳拉着警笛飞驶而去,救护车载着花奶奶的尸体尾随其后,救护车的后面跟着飞奔的二哈。二哈的身影消失在我视线里的时候,我的视野里出现了阿刚和女主人。他们一起回来了。我看着他俩的身影一前一后、一胖一瘦慢慢向我走来,从小到大,越来越清晰。我看见他们的两颗心拧成了一股链条,紧紧地钩在一起。

　　我无数次勾画过我和阿刚的重逢,但没想到会是这般平静。这个和我一起经历过生死的朋友,他站在我面前只说了一句"玻璃眼,你还活着啊",就把女主人一把推进屋里,狠狠地抱住了她。"我就不信我要不了你!"他气喘吁吁地说。但他很快就被女主人一个翻身,骑在了身下。她在拼命扇他耳光,左右开弓,打得好凶,跟上次阿刚当着她的面骑着那个妖女一样;不同的是,上次那妖女叫得像杀猪,阿刚这次却闷声不响,只是呼哧呼哧喘粗气。我又看见了他喉咙间的那团火,那火终于被女主人的巴掌扇下去了,一直到他们的身体连接的地方去了。女主人周身燃烧的熊熊烈火,让她的脸上散发出一种奇异的美,就跟她那次和傻子在疯狂时一样。

　　我听见了他俩的狂叫,然后我又听见他们呜呜地哭。

　　后来,当一串轻快的脚步经过我身边停留下来的时候,我嗅到了好闻的气息——是那个女孩的,但我已经什么都看不见了。一种从未有过的伤感混着焦灼从我心里直达脑门,两股液体从我干涸已久的眼窝淌了下来。接着,我耳边传来陌生又熟悉的声音,"八珍,你终于来了!等得我好苦啊!"老天,竟然真是李秉福!但此时,他已是一个赤裸的婴儿,莲藕似的小肥腿上套着铁链,嘴角带着冷笑,碧绿的小鸡鸡骄傲地翘着,与他从前一直都叼在嘴上的玉烟嘴一模一样。

 临 终

安楠急匆匆走在火热的大太阳底下。从公交车站到那家宠物医院还有一段距离,她有心加大步子,周身却像被煨红了的细铁丝缠绕,无法大幅度摆动手脚。

"可能是饿了。"她心想,一边吞了一口唾液,喉咙里的火烧火燎瞬间减轻了不少。

穿过本市最繁华也最聒噪的大街,来到以前到过的宠物医院门口,安楠惊讶地发现,它已经改头换面,成了一家牙科诊所。难道记错了?她又在周边仔细找了一圈。没错,就是这个位置。她还记得那个医生是个年轻姑娘,因为从小喜欢小动物,大学学了兽医专业,毕业后开了这家诊所,口碑不错,技术也好。

"这节骨眼儿上,居然给我玩消失?!"一股酸意自下而上汹涌而来,安楠觉得自己像刚跑完八百米,突然疲惫不堪。

隔着玻璃门向里面看去,一个戴着口罩的扎马尾辫女医生正举着拔牙工具,往诊疗床上半躺的病人嘴里张望。"兽医改行当牙医了?"她心里嘀咕着,一边使劲推开了门。

上午工作间隙,安楠给妈妈打了个电话。结果,一接起电话,妈妈就告诉她,小雪花病了,正在医疗站打针。小雪花是家里的宠物泰迪犬,养了有六七年了。父亲去世后,妈妈一个人住在乡下,安楠偶尔才抽空回一趟娘家,只有小雪花天天陪伴着她。

电话里,妈妈的声音带着明显的鼻音,一定是哭过了。"大前天吧,它开始呕吐,什么也不吃,水也喝不下,喂了就吐。幸亏叶医生人好,愿意给小雪花打针。"

"不要怕,先听叶医生的。"安楠立刻说。

"但是三天了,它一点没好起来过。还有,它的皮肤昨天突然变黄。我以为它脏了,擦了半天,擦不干净……"电话里,妈妈细述着小雪花的病情,焦灼的口吻,加上比平常快了将近一倍的语速,使语气像是带上了某种惊喜,仿佛安楠就是小雪花的救命稻草。

"啊?都三天了!为什么不早点打电话给我?"

话一出口,安楠就后悔了,明明是她自己已经好些天没过问妈妈的近况了好吗!五一回去,她给妈妈注册了微信,以为交流会增加。可实际上,母女间的通话反而更少了。

话筒里,妈妈在低声解释,说以为小雪花会跟以前一样,一点小病小痛只要稍微服点药马上就会好起来。"没想到,可怜的小雪花这次病得那么重……"妈妈声音里的歉意浓重得像是犯了罪。她还说,早上她好不容易摸到邻村一个兽医家,那人却进城了。他的文盲老婆在他的远程指挥下,费了九牛二虎之力,才找全可能对小雪花有效的药品。"这不,叶医生几乎全给它用上了。可是,好像没什么效果……"

"妈,您别急。我去找这儿的宠物医生问问。"安楠柔声说,心头却像突然打翻了五味瓶,脑海里浮现出和小雪花一起的片段。

　　两年前的这个时候,安楠正住在妈妈家养病,小雪花一直黏着她。她走到哪里,它就跟到哪里。她坐着看电视,它偎依在她身边,偶尔站起来闻闻她的脸,冷不防偷袭一记她吃过东西的嘴。她总是把吃剩的水果丁塞它嘴里,它津津有味地吃完,昂起小脑袋等着,微微睁大的双眼好像在说,我还要,再给点儿呗……

　　晚上,她睡地板,它暖暖的小身体就蜷在她的臂弯,乖乖的,仿佛她是它的依靠。后半夜的风有点凉,它醒了,就想跟她玩,轻轻咬她头发。她不理,它就假装跑出去,活泼泼地来来回回引诱她。她困得慌,翻个身将毛巾被往身上一盖继续睡。它无趣了,又跑来拉她头发,用它的小脑袋拱她头,还在喉咙底下发出吱吱呜呜的声音,她便把眼睛睁开一条缝,低声命它别闹。它似乎听懂了,但玩兴却未消,乌黑的双眼在兴奋地闪光。她装作不高兴,唬它,又闭眼继续睡。它也就不闹了,回到她身侧蜷成一小团,直到天亮再用爪子把她拨拉醒。

　　白天,安楠喜欢坐在地板上看书,小雪花就安安静静坐在她的裙摆上,柔软、乖巧,仿佛一个热爱学习的小听众,听得到她心里发出来的感慨与叹息。当她中途停下来看它,它水汪汪的眼睛也总在看她。这样的巧合总让她心尖儿莫名发颤,全身像浸泡在暖洋洋的温泉里。真的,就像妈妈说的,除了不会说话,小雪花跟人没什么区别。

　　打开手机相册,安楠拼命往下翻。果然,两年前无意中给小雪花拍的照片还在——小下巴搁在一本摊开在她大腿的书上,仿佛在认真识文断字。她放大照片看书页上的内容,是龙应台写的《目送》。

牙科诊所里冷气十足,跟外面像是两个世界。坐着候诊的两个中年妇女一脸警惕地瞪着安楠,其中一个还微微欠起屁股将病历往前推了推,好像在担心安楠会插队。

安楠不置可否地朝她们咧咧嘴,朝马尾辫牙医那边走去。马尾辫正给病人磨牙,高速齿轮打转的"嗞"长音,一声声随着小股刺鼻的烟气冲出病人大张的口腔。怕惊扰到他们,安楠强忍着胃部的不适站在原地默默等待,直到马尾辫停下手头的工作转过身来。马尾辫告诉安楠,原先的那个宠物医生已经改行跟男朋友一起卖进口水果去了,问不到联系方式。安楠谢过她转身出门的时候,突然一阵晕眩,之前那种刚结束长跑、浑身泛酸的感觉又袭了上来。

站在公交车站,安楠开始用手机搜索"本地宠物医院"。然而,跳出来的都是宠物会所,只会给猫猫狗狗洗个澡、剪个毛什么的。只有一家叫"六扇门"的宠物医院,店名耳熟能详,店铺位置也知道个大概。安楠闭上眼睛思索了一会儿,想起这名字在《武林外传》里出现过,半文盲小捕头燕小六管它叫"六户习习门"。于是又定位搜索,显示"六扇门"离单位不是很远。忽然有人喊"安老师",是单位一个新来的小鲜肉骑着电瓶车经过。他问安楠,要不要捎她去单位。上个月,她负责带小鲜肉他们这批新来的员工实习,教室里天天笑声不断,看来他对安楠的印象不错。阳光下的小鲜肉一口白牙笑得很灿烂,但安楠摆摆手拒绝了他。她说:"我不回单位。"又冲他挤眉弄眼,"下次你骑自行车了再来带安老师吧,更浪漫。""哈哈!好的。"

小鲜肉收起支在地上的大长腿走了。安楠心想,"年轻真好!"慢慢收起了脸上的笑,与此同时,她发现公交车站牌上贴着一个布告,说因为附近拆迁,这条公交线改道了。怪不得,这么久一直不见公交车来!

"Shit!"安楠心里爆了一句粗口,脚下大步流星直往小鲜肉刚才骑行的方向而去。她算了算时间,还是抄近路走回单位最快,还可以顺道去工商银行弯一下,取点钱。

安楠起先在ATM机上取了一千块钱,后来想万一小雪花要上来住院治疗呢?现在宠物的医药费又贵,不像人有医保。于是,她又多取了一千块。一转身,又寻思可能不用那么多,就又存回去了五百块。

快到单位了,要先经过安楠家。远远地,她就望见了自家朝东的那扇窗户。那扇窗开裂已经好久了,玻璃一直没换。长年累月,她贴的透明胶已经变成了黑灰色,从下面看去,像趴了一只张牙舞爪的大蜘蛛。她心里堵得慌,又把目光拐向阳台。阳台上空空如也,说明早上她洗的衣服还在洗衣机里塞着。但目前她不想回家,只有等下班时再去晾开了。

她老公的车却停在路边的老位子上,车头躲进树荫下,车屁股却斜向路中间,占去了这条不甚宽阔的路的一部分。"活该老被蹭。"安楠在与车子擦身而过的时候,不知怎么的突然脑子一抽就停下了脚步。她手搭凉棚透过后车窗往里张望,看见了车后排座位上的白色遮阳帽。昨晚,他海钓回来,说帽子落在车上了。现在,它还在车上,说明他还在家里,没挪过窝。一股鱼腥味凭空出现在她鼻端,和刚才堵在喉咙口的那股气一交集,她感到了恶心,昨晚那一幕瞬间浮现在眼前。

不知怎么，昨晚老公拎回来的战利品特别多。安楠一拎过湿重的鱼袋，心里就跟手感一样直发沉。鱼儿被一股脑儿倒进水槽时，安楠才看清它们清一色都是石斑鱼。难怪他没舍得送人，石斑鱼稀有又好吃。唔，安楠仔细回忆了一下，才明白他递上鱼时咕哝的那句话原来是"这些石斑可以卖不少钱"。可他干吗不卖掉呢？

有几条石斑已经死了，嘴巴张得老大，腮帮子撑开，怒眼圆睁，像被某种令它们极度惊恐的东西吓死的。有些嘴巴还在一张一翕，背部的一长溜鳍全竖着，像举着仅有的武器在负隅抵抗，看起来凛然不可侵犯。为安全起见，安楠先剖洗死鱼。她发现，死去的石斑鱼花纹比活的颜色要暗淡。"你们失去了生命的色彩。"她一边想，一边刮去它们的鳞片，就像剥除人的外衣，"现在你们正失去尊严。"在挖鱼鳃时，她的手被割到了。原来那里头隐藏着尖利的齿锋，它们像血滴子那样，斜着刺进了她的手指。好在伤得不怎么深，她挤出几颗血珠之后，又按了一小会儿，等掏出滑腻的肠子，手指已经不流血了。

轮到活鱼时，活鱼大多已奄奄一息。她抓起一条，肉身绵软的鱼竟发出了一个轻微的声音，像是警告，又仿佛是哀求。她怜惜地找位置下手，刚剪了一侧尾鳍，便见它腮边两个划水的鳍同时展开，扭成了扇形！她心里一哆嗦，想起了童话里的美人鱼。就在这时，手里的鱼儿突然蹿起，一阵剧痛从指头直达心尖——她又被刺了，而且是刚才伤到的老位置！血渗出来，滴在那条鱼鼓凸的眼睛上，湿亮瞬间变成了布满血丝的疲惫，咧着的嘴却充满嘲讽。一股灼热从脚底升起，突然她就怒不可遏，一把捏住了鱼身。鱼嘴忽地张大，她对准一侧腮鳍重重地剪了下去:"就让你死得痛快些!"鱼嘴闭上了,像刚打完一个大哈欠,喉咙里随之"吱"地冒出一个微型饱嗝,肚子起伏了一下下,然后瘪下去,仿佛全身的力气已全部用尽,它终于不再反抗了。随着剪刀起落的"咯嗒"声,身体里那股滚烫的浊流渐渐消散,她觉出了自己的残忍。这几条鱼的鱼鳞一直除不掉,放在砧板上用力刮也所去无几,于是她就放弃了。

等安楠往伤手上贴好创可贴在餐桌旁坐下来时,她老公已把一整盆红烧石斑鱼翻了个底朝天。他用筷头扒拉着身体扭曲成 S 型的一条鱼身上的鱼鳞,眉头皱得紧紧的。不用猜,她也知道,那些光滑而直挺挺的是死鱼,鱼身拧成 S 型的是之前活着的。它们唯一的共同点是,本来张得大大的嘴巴全部都闭上了。

安楠急急忙忙跑进食堂,恰好赶上"末班车"。她胡乱买了两碗菜,正想随便找个空位坐下,却见科长坐在最后一排冲她招手,旁边还坐着男同事刘统。安楠犹豫了一下,慢慢走过去坐在了他们对面。

昨晚吃饭时的感觉又来了——饥肠辘辘,却丝毫没有胃口。她已经饿过头了。

"怎么了?脸色这么差?"刘统问。

安楠突然感到莫名的心酸,有东西正源源不断地从鼻腔里往上涌。"没事。"她摇摇头,赶紧埋下脑袋拼命往嘴里填塞米饭。科长却不明所以,乐哈哈地替她解释:"她老妈的小狗病了,很麻烦!"上午,她一个劲儿打电话,四处咨询小雪花的病情,科长全听到了,还让她提早走,好去给小雪花寻医问药。

"谁说麻烦？我们家小雪花不会有事的！"安楠狠狠地瞪了科长一眼，却再也忍不住，甩掉碗筷，一把捂住了自己的脸，两股热流立刻濡湿了手心。她知道自己这样当众失态很不好，但就是无法自控。为了快点将眼泪憋回去，她使劲咬住自己的嘴唇，浑身颤抖。大约一分钟后，她成功了。从手指缝里偷偷望出去，科长已经走了，刘统正若有所思地盯着自己看。

这是刘统第二次看到她的狼狈样了。彼时，她刚来这个单位上班不久，咳嗽得很厉害，虽然到处求医问药，却一直不见好转。科长开玩笑说她自带定位系统，只要循着咳嗽声就能找到她。那天早上，她照例打扫完办公室的卫生，在往盥洗室的墙上挂拖把时，拖把的金属柄突然折断，一口"咬"住了她的右小指，血流如注。她正捏着伤口不知所措，楼下办公室的同事刘统上来了。他帮她止了血，然后开车送她去医院包扎，还硬让她注射了一枚防止破伤风的针。由于观察药效要等整整十五分钟，她急着想回去上班，刘统不让，拉住她并陪坐一旁。她当时还跟他不熟，见他一脸正经的样子，就用戏谑的口吻逗他："你是怕我走出医院后僵毙于道？""不，你不会僵。你会像虾蛄一样弹个不停，然后被人当成癫痫发作再次送来这里。"

安楠没想到，其貌不扬且平素不苟言笑的刘统竟然这么幽默。"然后我就会因用错药而一命呜呼，哈哈！你同样难辞其咎……"她忍不住大笑，一边咳得上气不接下气。手底下却不曾闲着，一边搜看百度。果然，她看到破伤风发作时跟癫痫类似，牙关紧闭，阵发性痉挛。"你应该叫庞统。"她喘着粗气，变了个法子夸他聪明。结果刘统只好说："是啊，我也不止一次怀疑自己就是他转世投胎的。"他顿了顿，突然话锋一转，"如果我算得没错的话,你的咳嗽应该不是身体上的问题,是心病。你是有苦说不出,对不对?"安楠一下子愣住,连咳嗽都忘记了,空气仿佛忽然冻住。刘统也立马意识到了不妥,本来分开放在腿上的双手迅速交握成了拳头。为了缓解尴尬的气氛,安楠假意转移话题:"你的双手很漂亮啊。"她以为他会高兴地承认这一点,但是没有。她惊讶地看见一丝诧异掠过刘统的双眼,"以后别跟异性说同样的话。"他正色道,"你不知道,我可是国家一级心理师。"然后,他接近褐色的脸皮"腾"的一下涨红了。

好几天以后,安楠才琢磨出刘统的言下之意——夸一个男人双手漂亮,多色情呀!他这是在拐弯抹角骂她轻浮呢!悟到这一点,她几乎羞愤而死。可她夸他的手漂亮,是真心话呀!他其貌不扬,皮肤又黑,全身上下就只有一双手还算漂亮,十指修长白皙,手背上蓝莹莹的血管清晰可见,指甲修剪得短而圆,干净且富有光泽。她多年前也经常把老公的指甲修剪成这样,被他夸赞"堪称一绝",后来却又反过来嫌她的手又硬又粗,不像女人。

但哪个女人的手会天生就粗糙呢?她当年也是十指不沾阳春水的娇娇女好吗!但结婚之后,她就渐渐变成了无所不能的女汉子,双手不仅越来越粗糙,伤疤也越来越多。烧菜时烫的,斩肉时切的。左手大拇指上有一个伤疤,是洗碗时碗突然碎了割的,当时伤口非常大且深,像那儿多出了一张嘴,咧着在狞笑。当时,她老公听到她的尖叫跑进来看,下一秒却扭头跑了,还责怪她:"明知我晕血,也不提醒我一声。"她只好自己一个人下楼包扎。血从裹着伤口的餐巾纸渗出来滴在楼梯上,好长时间没能褪去。她跑进社区医疗站,那秃顶老医生说,伤太深,得缝,一缝缝了三针。她记得那是她第一次见到缝伤口的针,圆圆的像一道弧。她笑着跟老爷子打趣:"原来您使圆月弯刀啊。"老爷子从老花镜里抬起眼睛瞅了她一眼不说话,缝完才来了一句:"敬你是条汉子,不收钱啦。"

那段日子,安楠有意躲着刘统。但是每次遇见他,她的视线都会不由自主落在他手上,无法自控。她不知道这是怎么了。后来一想,这样不是办法,逃避不是长久之计,更不是她的风格。于是她改变"战术",勇敢迎上去,继续夸赞他的手;甚至一有机会就将自己的双手伸出去,与他的手一比高下。渐渐地,刘统看她的目光里不再充满戒备或说暧昧,安楠心底的羞耻感也就慢慢散去了。

现在,不知道刘统是在注意她大拇指上那个圆环似的小伤疤,还是在看那个贴着创可贴的食指。总之,他的双眼满是温情。安楠心头一热,忽然就开了口:"你能开车送我去我妈家一趟吗?我想把小狗接上来看看……"

"啊?这个……我今天没开车。真的,自行车就停在地下车库,不信你跟我一起去看……"他结结巴巴。

"没事没事。我相信你。"她飞快举起双手,又觉得像是投降,赶紧放下。

"要不然你让科长派辆车吧……"他面红耳赤。

"不,不!严禁公车私用,刚出台的文件你不知道吗?"她冲他龇牙一笑,心想:此刻要是能用表情包就好了,直接丢一串过去,可以拯救多少尴尬!

"欸,我让我妈直接讨一辆车上来,不就好了?"安楠突然一拍脑门,立马欠身跟刘统道别,手下则开始忙着拨打妈妈的电话。

但一拐弯,她就收起了手机。刚才那个动作是假的,是她用来脱身的。让妈妈带小雪花上来看病,她上午就已经想到过了。但妈妈不肯,说小雪花似乎有点起色,她想再观察观察,安楠也就没再强求。但莫名的忐忑和紧张让她一直无法安心工作,满脑子都是小雪花楚楚可怜的样子。她不停地向熟人咨询小雪花的病情,有人说可能是急性肝炎,有人则怀疑它是被其他的狗传染了什么病;问了社区医疗站那老爷子,老爷子一听安楠的诉求,便说小狗可能凶多吉少,得让专业的兽医救治。"它身上发黄,应该是黄疸。如果是肝炎,必须挂盐水。就怕是细小病毒感染,这病特凶险。它的症状是上吐下泻,最后会越拉越严重,直到便血而死。但有一种针剂叫'细小康',专门治这病,很便宜,打两针就能控制,专业的宠物医院有配。"继而他又说,"但是如果小狗注射过细小疫苗,那就不会感染这种病毒。"

安楠甚至打听到了妈妈找的邻村那位兽医的手机号码。她的想法是,让这兽医从城里给小雪花带点特效药回去,早用早好。

然而,兽医却说他已经在回程车上了。他在嘈杂的人声中朝安楠嚷嚷,说他那儿没有什么好药,该配的药早上安楠妈妈已经全配走了。他还说,他特意向他的师傅咨询过了,小雪花这样的情况,最好立即送宠物医院挂盐水。

那就找个人开车去把妈妈和小雪花接上来。她按亮手机,开始字斟句酌地编辑短消息。

然而,信息编完了,发送给谁呢?这是个问题。安楠把通讯录里两百多人的名单上上下下滑了两遍,才发现,在朋友圈里找个愿意为一条小狗专门耗费两小时来回驱车一百公里的人,还真不容易。理由很简单,安楠你是有老公的人,你家老公有车,为什么还要去麻烦别人?人家一个反问,安楠就觉得自己得去钻地洞。

得找熟悉自家情况的朋友。

然而,安楠连问了三个,都说自己不在。其中一个说他刚出差,还嗔怪安楠,"不早说。"安楠呆呆地看着这几个字,猛然打了个寒噤,浑身的汗毛竖了一遍,喉咙有点痒。她又开始剧烈地咳嗽起来了,害得科长以为她在抗议他抽烟,赶紧掐灭烟头,还提供给了她一家兽医站的名称,并挥手将她逐出了办公室:"快走快走,先去救你们家小狗。"

忙活了半天,结果却越来越让人揪心。她跑到原以为最有胜算的宠物诊所,却变成了牙科诊所,希望成了泡影。烈日当空,胃里的饭犹如铅坠,但这丝毫不能阻挡安楠疾步如飞。不到五分钟,科长说的那家兽医站就出现在眼前。

但这分明是一家专门看鸡鸭禽类的兽医站,墙上用红漆刷成的大字很丑、很醒目。安楠不死心,轻轻推开移门走进去,里头一对貌似母子的男女正在午休。胖老太被惊醒后,从躺椅中抬起头,一脸愠怒地看向她。她刚张口吐出半句"我们家的小狗……"就被打断了,"不看,不看。我们不看狗。"还拿手挥她。

安楠不动,侧过身体一瞬不瞬地盯着沙发上那男的。他刚坐起身,正搔着头皮纳闷地瞅着她。她双唇紧闭,想要用自己的眼神说服他。这男的果然被她看得有些于心不忍,就起身去柜子拿药,一边说:"我们只有给鸡鸭解毒的药……"

安楠看到柜子里放着一排排纸盒装的针剂。

"是阿托品吗?那算了。我们家小狗不是中毒。"安楠返身迅速离开,赶往"六扇门"宠物医院。

一看"六扇门"的外观,安楠就觉得小雪花有救了。"六扇门"看起来规模很大,好几间二层楼,落地玻璃窗贴满宣传标语,洗澡、剪毛明码标价,看起来就很专业。医院门把手上挂着一个木牌,上面是个手写的联系电话,安楠赶紧掏出手机将它存了进去。

门开处,一只纯白色的波斯猫迈着优雅的步伐迎面而来。安楠吓了一跳,它比小雪花还要高大。不一会儿,一个浓妆艳抹的中年女人从楼梯上扭着腰肢下来了,后面跟着一个穿着淡蓝色工作服的姑娘。中年女人弯腰从安楠脚边抱起波斯猫,傲慢地拉开门走了,留下一股不知道是香水还是动物沐浴露的香味。淡蓝色姑娘瞪着安楠,眼睛里是两串巨大的问号。安楠沉吟了一下,组织了一下语言,才开口跟姑娘详细介绍起了小雪花的病情。

姑娘的眼睛一直瞪着她,满脸惊恐。这给安楠一种错觉,觉得姑娘是被小雪花严重的病情吓坏了。她的心跳在加速,同时小心翼翼地问可不可以先买些药回去给小狗用上。然而,姑娘听完她的讲述,却用一种轻松的口吻对她说:"光听你讲小狗的病没有用。因为引起呕吐和皮肤发黄的原因很多,药带下去可不行,万一用错了呢?不用担心,先接上来让我们医生看看,对症下药才好。"

姑娘满面笑容地把安楠送到门口,她发现姑娘的眼睛还是老样子,圆溜溜地瞪着自己,她心里不禁乐了。她决定先去上班,下午争取早点回去,吃完晚饭再把妈妈和小雪花接来这儿治疗。治得好,就回去;治不好,就让小雪花住院。反正,这儿要到晚上八点半才关门。

下午,单位却突然很忙,安楠忙得头都抬不起来。中间还发生了一个小插曲:科长从外面一回来,就对安楠说,你老公差点和我们单位的保安打起来了。安楠问怎么回事,科长说,你老公停车占道,来我们单位办事的大车开不过来,保安让他移个位置,他嫌人家态度不好,骂了保安。"好在没打起来。"科长意味深长地看着她,"你老公很牛逼啊。"安楠唯有报之一笑:"别听他吹。我回头去跟保安师傅道歉。"

话音刚落,手机铃声就刺耳地响起。安楠一把接起,里面就传来愤怒的咆哮:"你给我查查,那保安叫什么名字!我倒是不相信了,你们一号好歹也要给我几分面子,他一个小小的保安算哪根葱啊!"

安楠把手机搁在一边,等里面没了声音,她挂断,又发了一条微信:"车子停好一点你会死吗?"放下手机,她又拿起,迅速输入:"我们离婚吧。"她没有一丝犹豫,就点击了发送。手机一下子变得很安静,且一直无声又无息。

四点,铃声突然又响起,是带着哭腔的妈妈,她说小雪花可能不行了。安楠立即请假,打上滴滴专车,一路催促着司机朝老家赶去。

安楠赶到家,妈妈来开门,脸上挂着两行泪。安楠说,宠物医院要晚上八点半才关门,我们现在就走,来得及。妈妈身体一扭,手中的毛巾往地上一指,来不及了!安楠的视线落地,小雪花躺在它的竹编小床上,脑袋后仰,四肢无力,一动不动。这么快就死了!安楠的心剧痛,马上给等在门口的滴滴司机打电话,让他不用再等了。

她蹲下来看,只见本来洁白的小雪花浑身发黄,剃短了的毛湿漉漉的,妈妈正在给它洗最后一次澡。它的长毛发粘成一绺一绺,薄薄的耳朵折出一道黄色的月牙。妈妈说它一直在流泪,还吐出大量口水,长毛发是这样被濡湿的。它还没咽气,腹部还在微微起伏。安楠叫它的名字,它好像听到了,努力动弹了一下,嘴巴张开了。接着,它的下唇变得松弛,像失去了弹性的橡皮筋。妈妈仔细清洗了它的屁股,就在半小时前它大便失禁,妈妈就知道来不及了。但安楠看出来那发黑的不是便便,而是血。妈妈把安楠的手抓过去,放在小雪花的脖子上,那里有一块麻将牌大小的肿起来的硬块。"那是这两天注射针剂后引起的皮下水肿,说明它根本没有吸收。"妈妈说着说着就泪如泉涌,"它一定是知道的,自己要走了。这两天它一直黏着我,路都走不稳了,也要努力跟我在一起,晚上睡觉视线也不肯离开我,就睡在我脚后,能看见我的地方。它不会说话,只有眼泪不停地流啊流。"

安楠很想像妈妈一样,哭出声来,或无声地让眼泪掉出来,可是她不能。她咬紧牙关,控制住想剧烈抖动的身体,平静地给小雪花擦拭身体,一盆水很快就满是血腥味了。安楠起身将它倒掉,又换了一盆干净的,再从头擦拭起来。

洗干净后的小雪花又恢复了往日的清白,只不过这白是乳白,不是洁白。妈妈把它从小床上抱起来,它的四肢和头立刻垂下来,无力地轻荡。草坪上铺了一块干净棉布,妈妈把小雪花放上去。它蜷在上面,一动不动。安楠摸了摸它,轻轻唤了一声"小雪花"。它突然开始大声呼吸,伴随着抽搐。它的双眼瞪得老大,腹部鼓起,牙齿龇出来,鼻息短促而激烈,呜咽却被阻挡在喉咙底下,无法发出来。抽搐使它的身体仿佛变短,安楠的心也随之抽搐。她知道它痛,她只有不停地抚摸它。它的肌肉在她手心里一阵阵由软变硬,复又绵软,四肢像在奔跑。"现在送去'六扇门'抢救,不知道还来不来得及?"安楠痛悔让那个滴滴司机先回去了。她记起存了"六扇门"医生的手机号,摸出手机咨询。医生答复:它快走了,好好送送它吧。

有好一阵子,安楠都以为小雪花会挨不过去,生命像休止符一样戛然而止。它是那么痛苦,瞳孔收缩成一个小圆点,没有进气,只有出气。那一口气出来,吹动松弛的下唇不住抖动,像冬天寒风里的塑料薄膜。安楠想起法国电影《爱》的结尾:老爷子静静地看着床上奄奄一息的老伴,突然抽出枕头就蒙住了她……安楠于是开始思考,捂住小雪花的哪个部位,才能够一招致命。但是她又怎么忍心?她手心底下依然能够感觉到它的温热,它急促的起伏。她怎么可能下得去手?

风突然大了,从光着的下肢鼓吹上来,把先前积郁的那股气顶上喉头,胀得安楠好想撕心裂肺大声狂喊:我怎么过得那么失败,连一条狗都保护不了?!它那么乖巧,只有我们可以依靠……能怪谁呢?如果我不是那么倔强,如果我去求他开一趟车,小雪花是不是就不会死?枉我天天给所有人的帖子点赞,站在路边鼓掌,为什么关键时刻没有一个人可以帮助我?以后妈妈怎么办?她一个人,孤孤单单,身体又那么柔弱,我该如何是好?我想要照顾好全世界,世界什么时候照顾过我?

悲从中来,安楠终于知道了什么叫作"我想哭但是哭不出来"。那感觉,不是胸口碎大石,而是大石碎胸口。她想,如果她现在死了,肯定浑身散发着失败者的腐臭味。

天渐渐暗下来,妈妈早已进屋去给安楠做饭了。小雪花暂时又安静下来,它那么健康,皮毛充满光泽。这么健康的一条生命,怎么突然就不行了呢?安楠突然就想起父亲临终时的场景。确诊父亲的病情花了整整一年。看起来好端端的他突然持续低烧,宁波、杭州、上海、北京四处检查却始终查不出原因。折腾到最后回到宁波,才确诊为淋巴癌,但已是晚期。父亲一直不相信自己会死。哪怕是化疗的最后阶段,一见到安楠,还依旧用他肿大却无力的颈脖强撑起干巴巴的脑袋来,嘶哑着嗓子说:"我烧退了,应该快好了吧?"他的目光充满渴望,像课堂上回答提问后渴望老师肯定的孩子。安楠用平和而坚定的目光迎视他,脸上绽开灿烂的微笑,同时拉起他干柴一样的手用力握住,用自己掌心的热量去温暖对方那片冰冷,"嗯,对!咱再熬一熬,结疗了就出院。"她的视线很快滑落在枕头上。父亲脖子上的皮松弛得厉害,垂耷在枕头凹陷的阴影处,像一块破布。

她老公却在病房门口跟大夫吵了起来:"应该告诉他实情!这样瞒着病人,你们太不道德了!"

安楠像旋风一样跑出去,用力甩了老公一个耳光。那男人捂着脸不可置信地瞪着安楠,目光里飞出无数利箭。然后,他扭头离开,从此不再出现,包括父亲的葬礼。

当晚,父亲就不行了。等安楠赶到,他已经陷入昏迷。安楠还幻想着,他会像传说的那样回光返照,醒过来的他脸上飘着红云,用清晰的口齿说出最后的遗言,叮咛她要好好生活,照顾好母亲和女儿,不要离婚,能过下去就一定不要离婚,否则会伤到孩子……但他终究还是什么也没说,安安静静地去了,甚至没有那最后的潮式呼吸。父亲最后留在安楠脑子里的,只有床头电子屏上那条笔直的绿线,还有那无限拖长的"滴——"。

妈妈安慰安楠,父亲走的时候很平静,没有任何痛苦,就像是睡着了。"眼泪已经流干,接下去我们要笑对生活。"所以,安楠在父亲葬礼上没哭。她还记得,当时来了一群老太婆给父亲念经超度。老太婆们欢快地吃着美食,一边劝她,"你要多吃点,不要哭,否则会断奶,对婴儿也不好。"一边努力往嘴里大口大口地填塞着米饭。她心里咬牙切齿地恨着这些人,为什么老天爷带走的是父亲,而不是眼前这些真正意义上的老年人?父亲不管她们了,但她还要管女儿和妈妈呢!她必须得好好的,不是吗?但只有她自己知道,那年剜下的伤心大坑,至今仍未平复。

妈妈来喊安楠吃饭的时候,天已经全黑了。安楠的双腿已经蹲麻,小雪花已经不再抽搐,呼吸变得若有若无。

妈妈突然大声喊起了"小美女",安楠奇怪地看到妈妈正在笑。她一边笑,一边喊,"小雪花,小美女,你去天堂找外公玩吧,好吗?我们不陪你啦!"说着,妈妈一把拉起安楠,"走,我们去吃饭。"

安楠按摩了一下酸麻的膝盖,朝小雪花投去最后一瞥,转身慢慢离开。

吃完饭,安楠和妈妈坐在餐桌旁,有一搭没一搭地聊天。小雪花小小的身躯就在窗外的草坪上躺着,看不清它有没有在动。安楠不敢出去,她已经完全丧失了眼睁睁看着它死去的勇气。刚才那一眼,就已经是最后的告别。妈妈说,她终于知道了为什么这两个月以来小雪花一反常态一直干坏事。它到处撒尿,几乎每个房间的床上都尿遍了;还四处便便,每个房间的地上都拉遍了。它害得妈妈一次次清洗床单和被套,一次次拖地板清理它的便便。"它是要让我讨厌它,而不会舍不得它离去啊!"妈妈如梦初醒,"我们那么爱它,小雪花肯定是知道的……它肯定也希望看到我们快快乐乐地前行。"

"是啊!知道早晚会有那么一天的,但没想到那么快。"

八点半的时候,安楠忽然想起女儿九点钟要下晚自习。每晚都是她去接的女儿,今晚她完全给忘了!她赶紧给老公打电话,"嘟嘟嘟……"响了五声还没有接。安楠的心吊起来,她想起了下午那条短信。

"喂?"是他的声音,蔫了吧唧的。

"那个,我晚上在妈这里,有事。麻烦你去接一下女儿。"

安楠挂了电话,长出了一口气。这时,她好像听见外面传来一声轻微的狗叫,又像是一声疲惫而又不甘的叹息。她知道,那是小雪花告别的声音。妈妈好像也听见了,和安楠对视了一眼。两人同时站起来,离开餐厅走到外面。

小雪花已经停止了呼吸。它眼睛半睁,眼珠晶亮,松松垮垮的下唇重新恢复了光泽与弹性,整个表情像是在微笑。伸手一摸,它的周身正在迅速冷下去。安楠怜惜地把它抱起来。它直挺挺的,像是变成了一架玩具。

村里的狗叫了一整夜,安楠也一夜不曾安眠。半梦半醒之间,好像看到父亲来了,欲将小雪花带走,手指的方向正是他的墓地。安楠心里清楚,这是因为自己知道,妈妈会将小雪花安葬在父亲的墓穴附近。她的最后一个梦是小雪花在跟一条蛇搏斗,在河里。最后蛇被折断,死了。安楠开心地站在岸边冲小雪花挥舞起胳膊,嘴里喊出好几个"yes",心里却明镜似的——小雪花已经死了,活着时它从未如此勇猛。这样也好,她不用担心它在那边受欺负了。接着,她身边出现了一群熟人。她跟他们一起玩打水漂,用圆镜子一样的东西滑在水面上,然后,别人都一个个,踩着跳过去,远了,安楠却望着水面不敢行动,她退缩了。接着就来了一辆救护车,她看见里面有个人在抢救,闭着眼睛,呼吸微弱。救护车里面的空间特别小,正好容下这个人。她很想过去近距离看看那人是谁,耳际传来一阵犬吠,像是小雪花的。她惊醒,愣怔了一会儿,明白自己是将别人家的狗叫声当成小雪花回来了。而窗外,天已经蒙蒙亮了。

奇迹并未发生。小雪花依然躺在老地方,身上盖着的那块棉布因饱吸露水软塌下去,它的整个轮廓凸显无疑。安楠本想打开再看一眼,但妈妈阻止了她。"快走吧,工作要紧。"安楠出门后,她又追着叮嘱道,"没事别回来,我没事的。一切都会过去的!"安楠没应答。她忽然觉得,看似软弱的妈妈比自己强大多了。

搭乘的头班公交车很空,没有几个乘客。气温还不高,车窗都开着,不时有阵阵劲凉的风撞进车厢,窗外移情换景。安楠惊觉,人在专注于某件事情的时候,是无心关注风景的。记得在赶来救小雪花的滴滴快车上,她眼前一片茫然。司机跟自己叨叨了好多话,都像乱风刮过耳旁,她一句都不记得了。于是,她努力提醒自己要把注意力集中在眼前的事物上,而不是一直联想到小雪花。这太使她心酸了。她得打起精神来,就像平时一样阳光而快乐,不是吗?

车至半途,有个戴女式草帽的大爷上车了,粗黑的颈脖上挂了一条毛巾。那条毛巾,真像小雪花得病后的肤色呀!但肯定没有小雪花的皮肤软。大爷的这块毛巾,起的球都干瘦了。听说,死去之后所有的毛病都会好,小雪花的皮毛又该纯洁如雪了吧……有股热流冲击安楠的眼眶,她深吸了一口气,提醒自己赶紧打住,并将头扭向窗外。车子正好经过一个以种水蜜桃出名的村庄,早餐店门口的矮桌前坐着吃早点的人,都是男的,一个穿蓝色汗衫的正把一只生煎包子扔给一条狗。小雪花在天堂找到父亲了吗?他也会喂它吃水果,吃包子吧。唉,怎么什么场景都会往小雪花身上拉扯?眼角有泪滴不听话地溢出来,安楠悄悄抬手抹去,又将头扭回车厢。车上有点挤,有个女的突然挤过来在安楠脚前一屁股坐下了,背碰到了她的小腿,肉感透过她身上的乔其纱传递出来,软乎乎的。她赶紧挪开,却一下子又想起了小雪花曾经暖融融的小身子。这让她感到浑身一热,汗立刻濡湿了后背。

司机突然一声令下,乘客纷纷关闭窗户,空调风从安楠头顶凉凉地扑过来了。太阳已经升得老高,阳光从安楠背部射过来,把她整个影子都投在前面站着的一位满头白发的大爷身上。大爷身穿藏青色描龙绣凤的中式立领服装,耳朵奇大,一看就知道他会长寿。要是他能把自己的阳寿送几年给小雪花,该有多好啊! 安楠这样想着,有心站起来给大爷让个座,却莫名感到阵阵困乏,那就闭上双眼打个瞌睡吧! 总比强撑的好,虽然这并不是她的风格。

眼皮一合上,却做起梦来。她梦见在和刘统比胳膊的粗细。刘统说,看你这胳膊细的,跟面条差不多。安楠就捋起袖子,跑过去拿自己的手臂贴着他的,一边嚷:"那我也是宽面好吗!"一黑一白、一粗一细两条胳膊贴在一起,有说不出的喜感。突然,刘统的胳膊就翻转过来,伸出修长的手指将安楠的手掌里进去,并迅速握了起来。这个场景就像包包子一样,映入了安楠的眼帘。她心里一紧,立马抽出手,逃出了刘统的办公室。然后,她听见刘统在后面说,你的头上有头皮屑。安楠又恼又羞,醒了过来。还好,这只是一个白日梦。她还在公交车上,就要到终点站了。那位长寿相的大爷不知什么时候已经下车,不见了。一个和她女儿差不多年纪的扎马尾辫少女坐在她对面,微笑着的侧脸很美,小小的乳房在T恤下微微隆起。安楠想,多美的青春! 她们应该拥有更长久的幸福。

转车。看时间还早,她提前一站下了车。路过公园,她看到公园门口围了一堆人,好像在抢购什么东西。她看了一眼招牌,原来是新开了一家便利小菜行。透过密集的人缝,她瞅见电子秤上放着一小方豆腐——是那种用盐卤做的老豆腐,直接拌酱油就可以吃,特别香,他们全家都爱吃。她挤进去,抢到了最后一块。掌秤的男人说:"两块八。"安楠拉开透明的零钱夹,里面只有两个一块和一个五毛的硬币。她看了一眼那个男的,希望从他嘴里吐出一句"就这些吧",或者"好了",甚至"算了"。结果,她发现他的目光一直缠在那张卷起来的一百元纸币上。这是个身材瘦长、看起来儒雅的男人,跟他身边那个双手肿胀、头发油腻的妇人很不般配。"但是,那又如何?"安楠在心里"嗤"了一声,将一百块放进了男人白皙洁净的手掌中。然后,看他走进逼仄的店铺,在抽屉里翻找半响,捧了一堆纸币硬币回来。安楠数也不数,一把抓过,一股脑儿塞进了零钱包。耳边忽然响起公交车的语音提示,"纸币、硬币,分口投入",她不禁"扑哧"一声乐了。还好,周围没人注意她。谁都不容易,难道不是吗?

她抄近路回家,这一片正在拆迁,到处都是挖掘机的突突声。她左闪右闪,居然迷路了。好在家就在前方,她只要循着这个方向走就不会错。就在她快要拐上大马路的时候,那个曾经的路口处竟然砌了一堵墙,路断了。安楠傻站了一小会儿,忽然发现眼前的房子门窗都已经卸去。她探头一张望,发现里面是空的;而她老公的车子居然停在这空屋子里,上面已经落上了一层薄灰。

朝大路那边,象征性地拉着两根线,上面系着一些五颜六色的小彩旗。安楠叹了一口气,挺直脊背走进去,小心翼翼地避开满地的玻璃碴,绕过车子。然后,她深吸了一口气,从彩旗下弯腰钻了过去。

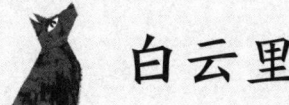 白云里

我和冯中华爬上半山腰的时候,天空中传来飞机的轰鸣。我仰起头,看到一架银灰色的飞机正慢慢飞越头顶。我看着它在一朵白云旁停驻了几秒钟,然后才一头扎进厚厚的云层不见了。

"知道我为什么喜欢看飞机吗?"我问冯中华,一边借机做了两次深呼吸。

"你好高骛远呗!"冯中华挑起那对充满喜感的八字眉,毫不留情地说。他出汗了,脑门亮得像涂了油。

"滚!"我佯装生气,飞腿踹他。他还跟以前一样不躲不避,任我把鞋印留在他簇新的西裤上,继续不紧不慢地往前走。昨天下过雨,山路有点泥泞,更不乏大大小小的积水潭。冯中华却视若无睹,大大咧咧地踩碎了一块又一块小镜子,呱叽、呱叽、呱叽,精湿的泥点儿争先恐后地跳上他锃亮的三接头皮鞋,他裤腿上那鞋印更是怎么看怎么碍眼。"站住",我踮着脚紧赶几步,弯下腰去恶狠狠地用衣袖三下两下将鞋印蹭擦干净了。

来爬山之前,我正在书房里关心女儿小糖的学习,久未联络的冯中华来了个电话。他说:"在干吗呢?"还是那个千年不变的疑问句,还是那心不在焉、类似瞌睡没醒的声音,超强的辨识度及时阻止了我将这个没有一位数字重复的陌生来电当作诈骗电话直接拉黑。他向来这样，一点不顾及人家隐私。瞎打听啥呢？我在干吗跟你有半毛钱关系吗？我心里愤愤，但还是竭力装出一副很惊喜又努力克制的语调回答他："在家呢。什么事啊？"

"休息日别窝在家里。爬山去？"这家伙口气平淡，像是我们昨天刚见过面，"你不是说想去白云里嘛。"

忘了是几年前，我第一次听说了"白云里"这个名字，便一直念念不忘。这家伙居然记住了。

"我问下小糖，再答复你吧。"不等他回话，我就把手机摁了。在他面前，我极少表现得那么矜持。这回有意这样，是想让他知道，现在的我越来越成熟、越来越稳重、越来越得体了。

小糖却不想跟我们去爬山。她说，她要为实现伟大中国梦而读书。她还让我猜猜她为什么不说"为中华之崛起而读书"，一边朝我挤眉弄眼，说这是一道脑筋急转弯。我假装犯傻："你政治学得好，与时俱进？"小糖咯咯笑着，一边摇头一边遥指着书架："老妈莫生气，我是嫌你的竹马颜值太低！"她指的是书架上那个丑陋的小狗熊，是多年前冯中华从抓娃娃机抓来的、他送我的生日礼物。

小糖正读初二，用她爹唐驹的话来说，是"整个学生时期最为关键的一年，关系到孩子的未来，关系到她的全部人生"。他恨不得一天二十四小时将小糖按在座位上，学习、学习再学习；为了证明"陪伴才是最好的爱"，他放弃了许多人生的乐趣（比如麻将、酒局、卡拉OK、洗脚、蒸桑拿），天天饭后就窝在沙发上一动不动，看电视打牌直到昏昏欲睡；转移去卧室之前，他会提醒我给小糖送上水果和点心,以示他对女儿的关怀,五分钟后,伴随着荧光屏的忽明忽暗,他的呼噜声毫无悬念地响起。而他不在家的日子(比如今天),就会把看管小糖的重任推卸到我身上。他无数次告诫我,要像看贼一样看住小糖,盯紧她好好做功课,还要提防她趁发送作业之机偷偷上网或玩游戏,却忘了我跟他的教育理念正好相悖。加之小糖本身就乖巧听话,现在的教育体制又令人窒息,她缺乏的恰恰是放松和适当的运动。所以我经常趁他不在带小糖去户外透气,有时看见她在学习之余偷偷"补番"看动漫电影,我也睁一只眼闭一只眼。事实证明,小糖跟我在一起更开心些,时不时会妙语如珠,诙谐十足。只不过,小糖记住了冯中华是我的青梅竹马,却忘了我给她看过他小时候的照片——他曾经也蛮清秀的好吧。

十分钟后,我下楼,看见一辆陌生的军绿色 Jeep 打着双跳停在路边,冯中华秃了顶的大脑袋几乎占据了整个反光镜。这家伙又换车了。

一看见我,冯中华立马跳下车来,向我展示他的新形象,说他刚从魔都一场开业盛典的现场直接驱车而来,没回家换一身衣服就来找我爬山了。他总是这样,突发奇想,说走就走。他自谓这是一种美德,叫"最具行动力"。

这不是我第一次见他穿正装,但这一套似乎特别考究,不仅颜色衬他,还很好地掩饰了他的五短身材。看样子,苏舒对他越来越用心了。从前她只会用名牌从头到脚装扮他,就像装扮她自己一样。而他则像小孩子一样故意使坏,来表示无声的抗议——比如穿着阿玛尼去钓鱼,然后一屁股坐在地上;故意不小心钩破刚上身的范思哲T恤;把烟蒂弹在巴宝莉的羊绒格子围巾上。一次,唐驹目睹他解下CK皮带当拴狗绳,就断言冯中华不单单是纨绔子弟,还是个神经病。在唐驹眼里,有钱人都不是好东西。尤其对冯中华,他仿佛天生就有敌意。比如,他第一次看见苏舒,就说她是一朵鲜花插在了牛粪上。我反唇相讥,不知道牛粪才是鲜花持久美丽的秘密吗?更何况,冯中华完全算不得纨绔子弟,他只是家里比较有钱而已。

"苏舒呢?没跟你一块儿回来?"

"她?晚上还有个酒会,忙着呢。"冯中华给我看手机里苏舒的照片,一袭宝蓝色礼服把她姣美的身材勾勒得曲线毕露,最吸引我眼珠的是她开得低低的领口处,那条曼妙的事业线——她什么时候变得那么丰满了?

我和冯中华的关系用"青梅竹马"来形容,还不够贴切。中华家拥有规模不小的家族企业,我爸我妈都是他们服装公司的员工。据我妈说,中华出生没几天他妈就失了奶,是她把本来喂我的奶分了大半给他,他才有了日后肥头大耳的模样。为此,我不止一次揶揄过我妈:"为了拍领导的马屁,不惜牺牲亲生女儿,也是够狠的。"每当这时,我妈就会默默打量我干柴似的小身板儿,然后报以不无内疚的一笑。我爸自从被那台全自动裁剪机切掉三个左手指之后,就成了公司的门卫;我妈则已经在整烫车间的流水线上徘徊了三十多年,曾经白皙得耀眼的小腿肚上布满了蚯蚓似的静脉血管团。

我和中华见过彼此光屁股时候的样子,从小学到大学一直都是同学,所有的老师和同学都以为我们会是一对儿。但是,自古竹马不如天降。上大学第一天,刚下火车,中华就被前来迎接新生的学姐、身材高挑又貌美如花的苏舒迷倒,开始了奋勇的追求。我见证并插手了他追求苏舒的全过程。可以说,中华为苏舒付出了自己的全部,时而为她痴,时而为她狂,完全成了个患得患失的傻子。她高兴,他就笑;她一哭,他就焦虑;她离开,他极度不安。她控制着他的一切情绪,没有理智,没有尊严。好端端的一个人,变得卑微、低贱,摇尾乞怜。她给他的任何一点安慰,都显得那么甜美金贵。

我发自内心地希望中华得到他想要的幸福。在我看来,全世界的女孩在中华眼里只有苏舒是彩色的,其余都是黑白甚至是无色的。后来我跟唐驹恋爱,他吃中华的干醋,我也是这么正告他的。中华迷信不知哪个混蛋先贤说过的一句话:"美貌即美德。"认为苏舒这样的美人,必定有颗金子般的心(当然,哪怕他后来觉出她更有一颗热爱金子的心,他也照样给得起)。我热情洋溢地一路充当着他们的消息树、通讯员、电灯泡和事佬,觉得帮哥们追求女朋友天经地义,应该两肋插刀。有一次,苏舒要跟他分手,我不同意。我只对她说了一句话,你看看他看你的眼神就会明白,世界上再也找不到这么爱你的男人了。我当然没告诉她,中华曾来找过我,憔悴得不成样子,本来可以一口气吃下三十个汤圆的人,在我劝慰下勉强吃了三个。那碗渐渐冷去的汤圆上漂浮的几粒糖桂花像是脏东西,在我脑海里很长一段时间挥之不去。其实,那晚他什么也没说,从头到尾只有沉默。而我,在他离开之前说出了那句令我至今都无法释怀的话——她不适合你,你还是放手吧。也不知是他当时心不在焉没听见,还是他根本不想听。他们最后和好如初,然后结婚、生孩子,恩爱到如今。我无法承认自己是他们的媒人,但我又不承认自己内心卑污,不是没勇气,是当时的我真的不想看到他那么难过。最终,他走他的康庄大道。我只能说,我不干涉你的选择,也不能干涉。

去白云里,看来冯中华特地做过功课了。驱车半小时左右,我们抵达了一个小山村。村口有排大樟树,墨绿的树冠像乌云一样笼在一个四四方方的水池上,几个衣着鲜艳的村妇正蹲着洗衣裳,槌打出的泡沫和肥皂水被直接排进池子里。冯中华娴熟地绕过水池,把车子停在晒场角落,从后备厢里拿出两根登山杖,递给我一根,扭头就走。

我们穿村而行。村子里弯弯曲曲的水泥小路很干净。经过一排由石块垒成的老房子时,有个老太太当路坐在一把竹椅上打瞌睡,花白的头颅低垂下去,垂到胸前又猛地抬起,如此反复,像一只老态龙钟的鸡在啄米。我蹑手蹑脚经过老太太身边时,瞥见了老太太干瘪的侧脸和布满皱纹的尖下巴,随口便哼出《当你老了》的旋律。冯中华开了腔:"我在山庄里安了个壁炉,炭也买来了。你有空可以过去,坐在旁边看看书。"

"好啊,好啊。"我努力使自己的语气听起来很开心,又说,"不过,我得先去攒钱,买一块LV的纯羊绒提花大披肩,带短流苏的那种,然后头发染成奶奶灰……"

"喊。你们女人就是虚荣。"冯中华横了我一眼,同时提醒我注意脚下。

"这样比较搭,你不觉得吗?这叫仪式感,懂吗?"

这是一段古老的鹅卵石路,上面的青苔吸饱了水,异常湿滑。我赶紧噤声,拎起棉袍下摆,降沉重心往前走。我今天其实也穿得很神经,绣花棉袍,粗高跟鞋。本来我是想换运动鞋的,但考虑到棉袍长度过膝,怕穿平跟显我像个矮冬瓜,就选择了这双后跟粗的高跟鞋。外面春寒料峭,我不敢贸然脱了棉袍。唯一没想到的是,运动会使人发热。这不,才走了这么几步路,背上就像贴了个饼子,且在我体表的加热下,渐渐升温。

天空开阔,空气很好。我贪婪地仰头做深呼吸,甜美的氧气涌进肺腔,我想象着自己几近萎缩的肺又恢复了弹性和生机。极目远眺,满眼苍翠,山脊的线条柔软了我僵直已久的目光。难怪史怀哲说,大自然是上帝最伟大的创作。它既洗眼,也洗心,让我感觉自己正在舒展,整个人不再蜷缩成一团,像在冬眠。

过了一个陡坡,我觉得有点累,双腿如坠铅。想起大学时我和他们俩一起爬山,那个轻盈、健步如飞是一去不复返了。我们爬得最多的是校园后那座马鞍形的小山,每次都是一鼓作气,直达顶峰。山顶是一片野草坪,我独自躺着发呆,他们二人躲在仅有的一棵大树后偷偷接吻。还记得山风跑过,草叶唰唰作响,无聊的我随手揪起草茎放进嘴里嚼啊嚼,直到昏昏欲睡,醒来往往已是暮色四合。

而眼前的山上遍植毛竹,绿意森然。忽然有"笃笃"的声音飘来,我抬头张望。冯中华说了一句"有人正在砍伐毛竹呢",一把将我拉到他身体外侧去了。这时我才发现,密密的竹林里躺了好几棵新砍下的毛竹,枝叶已被除尽,尖头朝下,像随时会顺着山坡的斜势滑下来!我由衷地谢过他。他还是那么善良。比如当下,他看每一棵植株的眼神都是怜惜的。想起以前,我们仨一起逛马路,总是冯中华先走在靠车流这边,中间是我,最里面的永远是苏舒。后来,苏舒总是隔着我拉冯中华的手,我就慢慢自觉移位到车流那边去了,然后苏舒的手臂就自然而然地挽住了冯中华。冯中华就对我说,别走外边,跟在我们身后吧,安全第一。他不时回头看我。苏舒也一样,扭过柔软的肢体看我。但某一盏明亮的路灯告诉我,她的眼神跟中华不一样,她在朝我翻白眼。

我搞不清,苏舒是讨厌我还是喜欢我。可能两者兼有吧。那时,苏舒总是趁周末我们宿舍没人,和我挤睡一床,跟我分享接吻的感受。她把接吻称为"拖地板",因为中华贪婪地吮吸她的双唇会发出吱吱的声响。后来,我就找了个不那么讨厌的男生实践,感觉却是蜜蜂、蝴蝶在花朵中嘤嘤嗡嗡,整个人像在云端飘。他们第一次偷尝禁果,苏舒也跑来第一时间告诉我。她让我摸她的乳房,柔软、扁平,不像我那么扁平,还坚硬得像两个生桃。按理说,那天我应该很伤心——我是说,如果我喜欢冯中华的话。但事实上,那天是我认识苏舒以来最开心的日子——她平时看起来高耸入云的胸部是假的,和我一样没料!我一直以为自己对她的好已经超过了对自己的好,她看上我的任何东西,我都拱手相让。比如,她一边说中华不让她穿高跟鞋(穿上就有明显身高差了),一边将脚丫子伸进我节衣缩食刚买的白色高跟鞋,然后拿她楚楚动人的大眼睛看着我苦恼地说,天哪,太合脚了,怎么办啊?我就默默地把这双鞋子送给她了——要知道,我自己还从未拥有过白鞋子呢!还有一件黑色纯蕾丝衬衫,是我父母偶尔去上海花巨资给我买来的生日礼物,就挂在衣橱里,我从来没外穿过,重大节日才套一下又挂回去,一是舍不得,二是觉得自己会降低了它的档次。苏舒一见,就毫不客气地穿上了,还直言不讳地说我绝对穿不出她的效果。我承认,她说的没错。所以,尽管我心疼了好久,但最终还是说服了自己,这件美丽的衣裳因为有了苏舒,才会真正乐得其所,而不是在我这里连个锦衣夜行的机会都没有。但胸部事件后,我扪心自问,我这样高兴,实质是不是在嫉妒她?答案是否定的。可能,我常常看不惯她的做派。比如,那双白色高跟鞋,她占为己有之后,就将它丢进了床底下,再也没穿过。要不是我在她家过夜,去床底下找拖鞋,正好看到这双积灰的新鞋,我还以为平时不见她穿这鞋子是因为她百般珍爱、舍不得穿呢。但我会及时反省、校正内心,提醒自己要多想想苏舒对我的好——那次我跟唐驹吵架,带着女儿住在娘家,她得知消息,专程开着新买的法拉利给我送来了三千块钱,最后还添了一句说不用还了。很久之后,我换了一种方式还了她这笔钱。我非常想忘记这一幕,但一直忘不了。我明白了,真正令我不爽的是她居高临下的姿态和无处不在的优势心理——我穷,我们不平等。已经忘了究竟是什么时候开始疏远苏舒的,看不顺眼的人和事,转过脸不看也罢——可能,她也是这样想的吧。

我们经过一个小水库,湖面绿水如镜,五六只野鸭缓缓游动其上,水面波痕向四面荡开,一圈一圈,越来越大。"春江水暖鸭先知",我吟出这句诗,就兀自笑了。冯中华没听见。他正把登山杖放倒在地,掬起水库里的水洗他的手,然后捧起水来漱口。我也学他的样子,伸手去掬。水冰冷彻骨,整个人一下子精神了。

前几年,也是这么一个春天,他突然出现,强行把我从电脑前挟持到一个高山小村,在村中央的小溪里用微型炸药炸鱼。随着"嘭、嘭"的巨响,溪面泛起亮晶晶的鱼肚皮,一群本来自在游弋的麻花鸭惊慌失措、狂飞乱叫。我在岸上愚蠢地问了他一个问题:"水冷吗?""肯定不冷啊,春江水暖鸭先知嘛!不信你下来试试。"我就信了,脱了鞋子趟下去,然后就感冒了。回来的车上,我一个劲儿打喷嚏流鼻涕,一边埋怨他。他却得意地说,与其你得静脉血栓而死,还不如这样多多外出、多多感冒,至少可以活得久一些。"嗬!"我作势欲捶打他。他没逃避,反而握着方向盘耸起厚实的肩膀迎合我。我握的是空心拳,竟不忍下手,只好假装被车窗外的风光迷住。山上好多花都开了,映山红、梨花、李花,五彩缤纷,像万花筒滑过。自此之后,我只要晚上一梦见花,翌日冯中华必定会出现在我跟前。我有记梦的习惯。我至今仍清晰地记得,有一天晚上我梦见满满一墙的八重樱,第二天冯中华就来找我爬山。那次,我们去的是塔山,全程都是水泥步道,更像是在散步。当时,我听说他们公司遭遇到了很大的发展瓶颈,但他一路上什么都没跟我说,我也就不好开口问。那是一个秋天,下午登山的人很少,风凉。我看见好几只松鼠捧着橡实在树上跳来跳去,它们已经在收藏过冬的粮食了。最后,我们在塔下的一条石凳上并排坐了下来。夕阳正在西下,层层叠叠的山体呈现出不同的颜色,近的深绿,远的变成黛青,然后青灰色,最后那层像一抹烟淡远,直到隐没在无限澄明的天际。我没头没脑地对中华说,喜欢爬山的人都知道,任何一个攀到顶峰的人,接下去肯定是先要下坡的,然后再上坡……他答非所问,你以为眼前只有一座山,却不知道山的那边还是山,你只有爬上这座山的顶峰,才能看见更多的山。我不知道该如何接他的话,只有沉默不语。夕阳渐渐被群山吞没,最后几缕霞光涂上他的脸。有那么一刻,我非常非常想把脑袋靠过去,倚在他肩胛上,就像小时候常做的那样,但是我没有。

眼前出现一个岔路口,没有指示牌。但是可以肯定,一定有一条路是往白云里去的。冯中华站着不动,让我选。我略一沉吟,举起登山杖往宽阔的那条一指,就向前走去。中华默默跟上,一语不发。人生多歧路,不管怎么样,总该为自己做一个选择。冯中华是有了目标就勇往直前的人,所以这几年他的生意做得越来越大,人也越来越胖,当年那个还算清秀的少年一去不复返了。我不是,个性里的特立独行,让我一直在反复重蹈少有人走的荒芜小径。当年选择一穷二白又自视清高的唐驹当老公,就是其中一个例子。很多人向命运付款下订单,以为只要虔诚就能得偿所愿,但结果总是事与愿违。我也一样。我想要收到的是玫瑰,命运却给了我蒺藜,还附带赠送了铁链。失望对我来说太稀松平常,习惯了也就接受了。

中华当初极力反对我跟唐驹在一起,反对无效,只好作罢。后来看我们日子艰难,还变着法子照应唐驹的小生意。唐驹心里抗拒,一边又无奈接受。我们两户人家一开始经常相聚(通常是去他们家吃大餐)。一次,和一群朋友在他们的农庄野炊。彼时,苏舒已成了他们公司的总经理兼公关,满场只见她一人在飞,银铃般的笑声四处可闻,整个人神采飞扬。中华说,苏舒个性开朗,喜欢交际,酒量又好,让她发挥特长,做自己喜欢的事情,OK,双赢多好。话锋一转又说,爱一个人就要爱她原来的样子,而不是老想着去改变她。说这话的时候,他一双眼睛直盯着唐驹。唐驹很尴尬,当场倒是没有发作,回来后跟我大发脾气。之后,中华还跟没事人一样跟我们常来常往,唐驹却心生芥蒂。发展到后来,两人一见面就针锋相对,一个语含讥诮,一个绵里藏针,明里暗里针尖对麦芒,互不相让。

中华单独来找我,唐驹很忌讳。对于这一点,我不想多做解释,只说如果我和冯中华之间有什么,那就没你什么事了,但是他就是理解不了。他与中华真正翻脸是在一年冬天,中华来我工作室(那是个地窖般的朝北房子),正在他苦口婆心劝我换个店面、多外出晒晒太阳的时候,唐驹恰好有事前来。他黑着脸质问:"你怎么又来了?"中华没好声气地答非所问:"你看看你老婆冻得!"唐驹浑身哆嗦,回了他一句"我老婆不用你管",横我一眼后拂袖而去。中华嘴角挂着轻蔑对我冷嘲热讽:"你呀你,活脱脱自投牢狱。看你找了个什么东西!"我盯着他,哈哈笑:"我愿意!你凭什么指责唐驹没把我照顾好?我烧了高香才有幸和他在一起。他大慈大悲,给了我一个家,还要把我这块顽石雕琢成玉器……"

中华错愕,眼神像在看一个陌生人。然后,他就一言不发地走了。我没有追出去。我当然知道自己活像一只囚鸟,要不要脱困,取决于我自己;但是能不能脱困,由不得我。很多事情既然认准了,就要坚持下去,这样才对得起自己的选择。

这件事以后,中华就很少来了。但是那回我妈生病住院,他不知从哪里得知的消息,突然出现在病房。许是多年没见,我妈被他的变化惊得目瞪口呆:"中华,你怎么变成这样了啊?!"

"怎么?妈,你觉得我现在配不上你女儿了?"他还跟小时候一样管我妈叫"妈","别看我脸晒得黑,我身上的皮肤还白嫩着呢。"然后,他就撸起袖子和裤腿让我妈看。

我妈啼笑皆非:"不,不是。我不是这意思。"

"那就好!我还以为被你们母女嫌弃了呢。"他还是一本正经地开着玩笑。我恼得直跺脚。

医生来查房,他问东问西,很起劲。一旁的小护士就说:"阿姨,您家女婿要么不出现,一出现简直要翻天啊!"

病房里突然就安静下来。正好一个电话进来,他接起,一边说,一边就走出病房去。再次出现在病房时,他身后跟了三个农民工模样的人,一人扛一堆的营养品和水果,几乎把半个超市搬来了。

放下东西,他带着那三人要离开,我在走廊截住了他,"你发什么疯?!有钱了不起呀?"

"他没来?"他问答所问。

"人生就是单打独斗,我不求他与我同舟共济。"

"他有病,你也有病。你的毛病在于对他没要求,好好想想吧。"他摆摆手欲转身离去,我强行伸出双手拦他。他右手伸出一个食指轻轻推开,脸上已是眉开眼笑,"乖,别挡着我,好不容易找齐他们哥儿几个,我要去搓麻将了。"

他跟着那三个搬运工走了,圆鼓鼓的身子被围在中间,众星拱月一般。我放下僵直的手臂,待在原地,心中五味杂陈。他小时候就这样,身边总是围着人。那时候他当班长,被教师和同学追捧很正常。上了大学,还是这样。尤其是周末或月底同乡聚会,只要有他在,参加的人就会无端增多,吃他买的水果,抽他带来的好烟。他喜欢做最后的总结性发言,围坐着的各色人等吃吃喝喝、欢欢笑笑,其乐融融。苏舒偶尔会嗔怪他傻(大多数时候,她比他更享受这种氛围),我也会提醒他有些人是为了利益才接近的他,但他总是说句"开心就好",一笑而过。

多年来,尤其是婚后,我好像几乎从未主动联系过冯中华。这里面固然有我想让唐驹放心的因素,但更重要的是我想让冯中华明白,我跟别人不一样——尤其是那些想要从他那里得到好处,口口声声呼他"冯总"围着他团团转的同学。但每年他们两夫妻的生日那天早上,我都不会忘记发送一条祝福信息,祝他们快乐。这跟我父母从小教育我的理念一致:冯家有财有势,但你要记住我们的人格并不低他们一等;你一个女孩子家家的,跟中华再好,也要正正当当、清清白白,可别犯贱、贴上去,让人家看轻,更别让人误会我们家想要从他们那里得到什么好处。

中华会回个电话,东拉西扯几句,然后道声再见。苏舒却从来不回我信息。她的消息,我一般可以从另外的朋友圈获知:她又去徒步啦,她自驾去西藏啦,她在野营时表演高难度瑜伽啦……总之,她的生活丰富多彩,在路上的时候居多。我最后一次从中华口中听到的关于她的消息,是他用略带愠怒的口吻说,苏舒居然把瑜伽教练请到家里来了。这不是很正常吗?我有条件也请私教呀。我当时很讶异,但话一出口,我就追悔莫及。因为我很不厚道地联想到了张爱玲笔下的佟振保:那天他下班回家,老婆烟鹂正让小裁缝量体准备做旗袍;外面下着雨,小裁缝的鞋底却是干的……中华身体不好,各种慢性病缠身,我已经不止一次听他说和苏舒婚内分居,理由是影响彼此的睡眠。但苏舒异常健康。听我一个朋友(正好是她同班同学)说,她们同学聚会,苏舒每次都喝很多酒,还抱怨自己身体太好,老是喝不醉,"讨厌死了!体检报告单上一个箭头都没有,连个撒娇示弱的机会都没有……"那朋友这样学给我听,一脸的羡慕。我却突然对她充满同情,一个人心里空荡荡,才总是在路上……

我妈出院后,我找了个机会去跟中华面谈了一次。那次,可能是我俩成年之后话说得最多的一次。他的办公室宽大到空旷,豪华却冰冷。外面下着雨,他没有开灯,把头埋在掌心,滔滔不绝,语无伦次地诉说了至少一个多小时。虽然我一直在静静旁听,但他这个姿势更像是自言自语。他说的其实也无非是些鸡毛蒜皮:他安排了苏舒家所有的亲戚来公司上班,但他们不但不给他争脸,还总是添乱;他每次去岳父岳母家都会买上一堆好菜,却听不到一句表扬反而常被责备浪费;过年回苏舒老家,给村民发了一圈红包,以为会给苏舒父母长脸,结果被臭骂了一顿;岳父生病他买了营养品去探望,结果岳母说还不如把那些东西折现……"用她喜欢的方式爱她,而不是用你认为对的方式,否则就是自私。夫妻之间,家人之间,当别人抱怨你、怪罪你的时候,明白一件事就好了,那就是,他们需要你的爱了。"我搬出常见的鸡汤劝慰他。

"不。他们需要的,只是我的钱。"他抬起头来,一脸戏谑地问我,"你有没有更悲惨的故事,说出来让我开心一下?"气得我真想拧破他的大胖脸,但我很好地克制住了自己。为了表示礼尚往来,我说我想跟唐驹离婚,唯一的办法就是我们假扮成奸夫淫妇。

"要不我们来一次大规模的摆拍吧!好让他顺理成章地捉奸?"我提议。

"我怕,我会假戏真做。"他在沙发上跷着二郎腿,面带邪笑。

"你,身体行吗?"我故作担忧状。

他脸色一变,模仿西施捧心,慢慢倒在沙发上。

我觉出了自己的残忍。透过窗帘的微光,我恰好看到他的嘴角抽搐了几下。我只有像个小丑一样继续搞笑:"哼,你想让我来给你做胸外按压和人工呼吸吗?我才不上你的当呢!"

气氛并没有如我想象的那样迅速扭暗为明,我有点尴尬。他好像也在努力,吸了一口气朝我伸出一只手,另一只撑在身侧,努力想抬起身子。我抓住他肥软的手掌,轻轻一握,随即放开了。他的大半个身躯本来已经起来了,这下又歪倒,陷回了沙发。我默默地瞅着他,他也正一脸严肃地瞅着我。我赶紧转身,大步离开了他的办公室。我那天穿的是一双高跟鞋,清脆的脚步声回荡在长廊里,脑子里泛起的全是之前的回忆。中华跟苏舒谈婚论嫁的时候,我已经谈了不止一次恋爱,有时候像块磁石,有时候又变成飞蛾。冯中华虽然忙得很,但我的事情,他似乎时刻不忘来插一把手。我找了个富二代,他就说人家浑身铜臭味;我找了个长相俊美的,他又说人娘炮。最后我不满地冲他嚷,到底是我找男朋友还是你找男朋友,我还不能自己做主了是吧?他就说,你能不能正经点儿,别那么轻贱。我就火了,正经谁不会呀?!你觉得我跟你认识这么多年,哪里不正经了?他张口结舌,终于无话可说。我结婚那天,在婚礼上,仿写了一段海子的诗:从今天起,做一个正经的人/端庄,矜持,不苟言笑／谦虚,谨慎,不胡说八道／从今天起,关心蔬菜和房价／远离烟酒,保护环境／和每一个熟人加上微信／告诉他们我的幸福。那天,冯中华破天荒喝醉了。

从他公司回来那天晚上,我胡乱刷手机,正好刷到一句话,赶紧复制下来发给了他。这句话是这样的:好的情谊肯定意味着懂得与接纳,无论是拐弯抹角的暖意,还是互相伤害般的玩笑。我觉得这话描述的正是我与中华的友情,光明磊落、弥足珍贵,但一直没等到他的回复。

阳光忽明忽暗,一忽儿挣脱山体的遮挡斜过来,照得人满目生辉,往上攀一小会儿,光线又踪迹全无。古道寂静,只有我们两个人的脚步声在回响。就在这时,冯中华的手机响了。他的手机还是旧版诺基亚,现在已经极其罕见了。"多少?三百万?给呗。我们的薪水和奖金先不发,就这么定了。"他慢慢落在了后面。我不好开口打听。听闻他们公司遇到大麻烦,我爸妈第一时间告诉我,然后小心翼翼地提示我"去劝劝中华,不要想不开"。他们说的是中华他们身边围着的人作鸟兽散这件事,还有更多的人等着看好戏。"唉,总是锦上添花的人多,雪中送炭的人少。"我妈说来说去这句话。"落井下石,等着看好戏的人也不少吧?呵,别担心!中华他心善,会好起来的。"我也总是拿这话安慰我妈。况且,我也只有默默祈祷的份儿。

他又赶上来,呼哧呼哧走在我身边。

"没事吧?"

"唔。欠人家的钱还是要还的,本来可以直接赖掉,但我不想这样。"他说。

"好。"

"你有白头发了。"他忽然伸手,欲摸我的头发。

我下意识地躲开,偏过头去,"这不是重点,我还羡慕周星驰那头发的颜色呢,重点是我快要变成三毛了。哦不,跟你差不多了。"

"你跟我比?我头发的茂密程度还是可以的……"他讪讪地改变了手的方向,摸了摸自己的秃脑袋。

"哎哟!苏舒不是说过嘛,头发少是有福的表现……"

这时,我口袋里传出了手机铃声,是唐驹。"你干吗去了?怎么不在家?"还是气急败坏的声音。

"跟冯中华一起在爬山。放心吧,很快就回去了。"我淡淡地答复他。

"要不要脸啊……"

还没等他嚷完,我就按了电话。

"不然,我们早点回去吧。"中华说。

"不。"我指了指前面。不远处,一个黄色的翘檐跃入眼帘,如果我猜得不错,那就是白云里。"到了再说。"

"他只是太在乎你。"他说。

"我知道。"

前面的路像是断了,一块巨石出现在眼前。左边一片乱石滩,杂草丛生,无处下脚,隐约有一条小径,延伸到巨石背面就消失了;右边是片断崖,下面有条流淌的小溪,大小不一的石块积了不少,像是被山洪冲下来的,有的看上去光滑圆润,有的还很嶙峋。踩着这些石头过去,有一道斜坡,一幢明黄色的建筑就在斜坡处高高耸立,那飞檐翘角仿佛在向我招手。

我还在犹豫要走哪条更安全的路,冯中华已经身子一矮,双手像鸟一样张开,跳了下去。我听见他在喊:"快下来吧!这石头长得像屁股,软得也像屁股呢!"这人有恶趣味,我一直说他狗嘴里吐不出象牙,但他好像并不生气。

"把袍子的扣子解开,跳下来。我接着你。"他抬着头,张开双臂朝我喊。

我解开扣子,棉袍一下子鼓荡起来,让我觉得自己像是凭空长出了一对翅膀。

当我俩一起迈进白云里的时候,他忽然抬头指天,"快看!"我纳闷地抬起头来,只见刚才还空空如也的天上突然堆积起大量的白云,层层叠叠,如棉如絮,如雪似浪,如喷如涌,洁白松软,聚散不停,变幻多端。我就那样傻傻地望着,呆了。生活如此沉重,但它会在某个特殊的时刻,突然用这么隆重的遇见告诉你:所有的事情,风云际会或是风起云涌,当心变得像云一般柔软,最终都会是轻描淡写、云淡风轻。我猜,那个在这里得道成仙的道士,当年也是被这白云迷住的。

"你在想什么?"我问。

"还记得小时候吗?"他答非所问,"我们一起并排躺在秋收后的稻草堆上,手枕在脑后,天空中跑过的就是这样的白云。"

"记得。"我说,"那时候你最喜欢嚷嚷,'真想躺上去啊',还说云堆里一定比稻草要软、要舒服……"

"嗯。我现在还是这样想。"他说,又问:"你呢?"

"我想飞上去。"

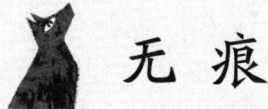 无痕

日记一

昨夜大雨如注。

早上起来竟然没下雨。天地间被一种灰色笼着,闷闷的。

沐手焚香,开始抄经。其实也不能说是抄经,应说是描红。笃信佛法的闺蜜这次回来探亲,特地送来一本《佛说长寿灭罪护诸童子陀罗尼经》,说曾经堕胎的妇人常诵读此经或抄写此经,即可减轻以往犯下的罪孽,换得生活太平。

经书是印刷好的,淡而整齐的楷体竖排,内容是一个一个的小故事,"我今忽然不知所在,我心闷浊,愁毒难忍""尔时波斯匿王,于其夜分,在王宫中,闻有女人高声号哭,哀恸难忍,悲不自胜……"本以为逐字逐句认真抄来就能换得心静如水,却被这样的经文一再戳心,泪水一次次盈满眼眶,终于夺眶而出,飞速淌下脸庞,滴落在经书上,趁字迹未被洇开,赶紧抹去,合上经书,唯恐亵渎诸佛。心乱,无论观音或是佛祖,都无法搭救。

刷手机,瞄到列好已久的书单,一直耽溺于手机微信和QQ,苦于无法自拔——愿书籍救我于懒散、拖延,给我力量。进当当网,一眼便触及《相遇是比爱更美好的事》,倏然心动——这就是我要的答案,我盼望已久的答案。感谢观音菩萨,谢谢佛祖保佑。这是指引,这就是指引。

若蓝讲的故事

走出电梯,穿过长而幽暗的通道,推开电子防盗门,来到明亮的天光下,抬起头,深深吸了一口气。外面的空气甜甜的,带着沁人心脾的凉意。街道两旁的香樟树正落叶,沿路积满了暗红的枯叶,一阵小风吹过,这些树叶就纷纷打起转儿,发出唰唰唰的脆响,多么身不由己。已是仲春,公园拐角的杨柳已经绿发飘飘,樱花开得最闹,简直像疯了一样,从家里的阳台往下看,这个小公园像笼罩在一蓬蓬的粉色云团中,我常常有种想往下跳的冲动。

楼下落花满径,尤其是去往早餐店的近路,花瓣堆叠得像一条绵密的厚毯,无处下脚,更怕破坏了这番梦幻般的静美,于是便回头,沿着一家家店面绕远路去了。

时间还早,只有零星几家店铺开了门。走到常去的那家快餐店门口时,看到花坛边沿上新搁了一只笼子,笼内有只肥嘟嘟的小白兔正在啃吃一片白菜帮子。慢慢蹲下身去,想用手里一直攥着的手机为它拍一张近照,小白兔却朝我翻了个白眼(哦不,应该是红眼),随即侧过身躯,换了个角度继续吃它的菜去了。

心下正微微尴尬着,路上突然过来一只猫,虎皮纹,走起路来慢吞吞的,颇有虎将的威仪。它也瞅见了笼里的兔子,一脸的意外状,我甚至看到从那两只圆溜溜的猫眼里飞出了两个问号,"咦,有个兔妞被困?!"

好奇心顿起,悄悄站立一旁静观其变。

"虎皮"果然有英雄气概,只见它将爪子搭上笼去,开始压腿,脖子伸得老长,好像在跟里面的兔子说,"别怕,俺来救你!先热热身……"然后整个身子下压,弯成了一张漂亮的弓。

不禁莞尔,忙偷偷按下手机快门。刚拍下这一幕,镜头里又出现一只猫,浑身漆黑,只有一只眼睛周围是白的,仿佛一个黑皮肤的海盗蒙了一只白色的眼罩。它踱着方步缓步而来,先跟虎皮打了声招呼,好像在说,"要帮忙吗兄弟?俺来支援了!"

我被自己的想象逗得笑出了声。

"海盗"很聪明,只见它先不紧不慢绕着笼子踱了一圈,然后开始拿爪子拨弄笼子的门。"虎皮"见状,也不由停下热身运动,静观"海盗"的举动,目光充满崇拜。

而笼子里,兔子不为所动,依旧只知道埋头吃吃吃。

拯救行动没持续多久,快餐店主出现了,后面跟着他四五岁的儿子。"注意隐蔽,主人来了……"两只猫迅速停止了动作,一前一后溜走了,步伐依旧不紧不慢,好像在极力掩饰刚才的义举。若不是亲眼所见,真怀疑它们戏神上身,否则怎么会比人类还爱演?看它们一步三回头,我在心里为它们配上台词:"兔妞,sorry 啊,俺们救不了你!下次有空给你送条鱼过来吧。你吃素,俺们就在你门口吃……"腹内有股气流滚动,我不能开口,否则笑浪铁定冲口而出。

猫儿走远了,我还意犹未尽,假装看手机,眼角的余光斜出去偷偷观察店主的举动。只见他弯下腰去毫不费劲就打开了兔笼,将兔子拎出来交到了儿子手中。我这才注意到,笼子的门根本就没栓。

孩子把兔子放进花坛,看着它一蹦一跳,越来越远,自己却埋头啃起了面包。我突然特别希望兔子就这样逃走,就像放风时不费吹灰之力就成功越狱的囚犯。

突然,手机响了。接起,里面传出一声声不耐烦的大叫:"都多长时间啦?买个早餐也要磨蹭这么久吗?……"默默地按了手机,回头,看到店主手里拿着一根黑色的绳子从店里出来了。他对着儿子嚷:"绑上,等下兔子逃走了呢!"

只有回去抄近路了。踩着厚厚的花瓣往前走,脚步无声无息,却感觉到鞋底下传来一声声撕心裂肺的哭泣——那些柔弱的花瓣正被毫不留情地碾压成泥。而身侧,樱花在风里发出阵阵喧哗,像是谁在重重地叹息。我脑子里一直盘旋着一个问题:兔笼没栓,自己怎么就没注意到呢?

早餐店生意火爆。排队等包子出笼的过程中,把猫儿"英雄救美"的过程发上了微信朋友圈,并配字:兔子被囚,渴望解救。有评论几乎秒发:你心里有什么,就看到什么。拿手机的手一哆嗦,我删掉了这条朋友圈。

拎着早餐原路返回。花径已被更多的人踩过,稀烂的红湿一摊连着一摊,像污血。

通向家的走道幽暗而漫长,我的右下腹隐隐作痛。

日记二

昨晚梦见你了。你离我那么近,就坐在我前面的位置,回过头来看我,朝我笑,跟我轻言细语。记不起你跟我说了些什么,只记得你的眼神温柔,跟我第一次躺在医院的病床上看到你时一样。

"找得我好苦啊,你。"这是你跟我说的第一句话。

我的脸红了。

那天晚上我跟老公吵架,什么都没带就开车出去,结果不小心把你的车剐蹭了。没有手机,也没有纸笔,万般无奈之下,只好用手指在你满是灰尘的车窗玻璃上留了手机号码。还没等到你找上门来,我却因为急性阑尾炎开刀住院了。我动手术的时候老公不在,花钱请的外地护工不知道怎么接手机,等我从麻醉中醒来,手机已经自动关机了。

后来,你说我脸红的样子很美。你还说,你从家门口安装的监控里看到我焦急又无助的样子,就已经原谅了我……

你不顾我的反对天天跑来医院照顾我,害得那个护工几乎无事可做。我嘴上一次次阻拦你,心里却越来越不愿意排斥这样的关心。因为那是一个虚弱的病人急需的,像一个在水中挣扎已久、行将溺水的人抱住一根漂过身旁的浮木。

像是老天的故意安排,我阑尾炎的伤口尚未恢复,却被查出得了心肌炎,于是继续住院。其间你没问我的老公为什么一直没有出现,我也绝口不提。对你的态度却在一天天改变,从抗拒到接受,然后渐渐演变成被吸引,到开始期盼你出现。你偷偷开车带我溜出医院去看风景,去数星星,去吃我小时候最爱吃的东西……

直到快出院那天,我去打开水,听到洗衣房里你正在对那个护工说,"你可千万别误会!我只是蛮同情她的……"

第二天，我迅速办理好出院手续，并在发完一条"我已回家"的消息之后，把你踢出了微信通讯录。

你没有再出现过，可是我没办法停止想你。就像今天，这个特殊的日子，我一直在纠结，要不要给你发条短信。今天风行一个段子，说可以尝试问问自己想捉弄的对象，你为什么要骗我。我想看看你会怎么回复。我也一直在等你发短信给我，向我表白，哪怕被你当傻瓜也是幸福的。据段子所言，愚人节都没有人表白，那就是真的没有人喜欢了。

我苦苦地克制着，悲哀地盼望着。

一整天过去，我依然没有做出决定。到了晚上，我鼓起勇气再度加你的微信，可是却发现你将我拉进了黑名单。

这真是愚人节最好笑的笑话！

米拉讲的故事

很久没爬山了，爬到半山腰就酸了。那是手术后体虚的缘故——我摸了摸右下腹，那里有一小块长条状的鼓凸，正慢慢因为身体发热而发出刺痒。

突然，横路里窜出一条土狗，嘴里叼着一个雪白的东西。忍不住大声尖叫起来。那狗就把东西一丢，逃走了。

定睛一看，是一只兔子，已经死了。伤口在脖子那里，暗红的血已经凝固。它的面部表情平静而安详，眼睛半阖着，本来红色的眼珠呈现出一种淡淡的粉色。

心在剧烈狂跳，我强忍住胃里涌上的不适感开始东张西望——这兔子来自哪里？它为什么会独自跑上山来？它是成功溜出了谁家的笼子,却迷路了吧?它不知道自己没有野外生存能力吗?……正犹豫着该怎样将这只可怜的小白兔处理掉——寻个合适的地方埋了它吧?近旁的斜路突然窜出另一条狗,恶狠狠地冲过来咬起兔子就跑。抑制不住内心的惊恐再度失声尖叫,那狗却一阵风似的跑远了。刚才那条逃掉的狗也不知从什么地方钻出来,追随着去了。

这一幕发生得太快,我简直不敢相信自己的双眼。原地呆立半晌,我才想起了什么,狠狠地掐了一下自己的手背,尖锐的刺痛让我清醒地意识到,这一切都是真的——一只兔子死了,死在了狗嘴里。现在,那两只野狗正在某处拉扯它,争食它,撕咬它洁白的皮,啃啮它鲜嫩的肉。最可怕的是,它们竟然不怕我,根本没把我这个人类放在眼里。但更可怕的是,我竟然对此无能为力!

默默攀爬,直到登上山顶,站在老位置深深吐纳,才觉得气顺了些,开始伸展筋骨。这时,随风吹来鞭炮的脆响,在高空放大,唢呐的悲音紧随其后,阴暗的天幕仿佛被撕裂。我知道,那是送殡的队伍经过。有救护车的尖叫由远及近,又渐行渐远,追着唢呐的方向去了。清明节快到了。生命是多么脆弱的东西,每个人自来到这个世界之后就匆匆忙忙往死亡的方向奔去。比如说爸爸。

突然就悲从中来,蹲下身子捂着脸哭了。你,你怎么就不管我了呢,爸爸?你知道我有多么想你吗?尤其是在我需要依靠的时候!思念一个人也是会死人的!不知怎么的,哭着哭着就想到了这句话。泪水穿过指缝淌了下来,洇湿了运动衫的袖子,那一小片颜色马上就变深了,像血迹。那次,我挨了一拳,鼻血淌下来,不声不响将它胡乱抹上衣袖,显示的就是这种颜色。

身边的花草树木不说话,它们从来不说话。但透过泪眼,能看到它们都在奋力生长,发芽的发芽,开花的开花。它们看起来比我强大,不管有没有人关心,有没有人牵挂,它们都在安安静静做最好的自己,不管是在这美好的春日里,还是在其他季节。这也是我爱爬山的原因。生而为人,不能活得比植物还孱弱、不堪!

有人路过,脚步声唰唰唰地摩擦着地面,重重的。赶紧停止哭泣,并抑制住粗重的呼吸,心跳加剧了。那人却在不远处停下了。那是个男人,他在朝我的方向引颈探寻。我赶紧屏气凝神,只见他静立了一小会儿,居然张开喉咙朝着山谷大喊起来:XXX,我爱你!

慢慢站起身来,佯装活动自如。那男的听到动静,回头张望一眼,又拢着嘴喊:XXX,我爱你!他喊完第三声,又朝我这边看了一眼,才匆匆往山下去了。回味着他嘴里喊的那个名字,真可惜,没听出他喊的是谁,连谐音都没有。

下山的时候,突然想,他是不是故意的?看到一个女人蹲在山上哭,怕她想不开跳下山崖出意外吧,才想出这么一招来救人……好吧,虽然我不认识他,但我很感激他,心情好了一些。

路过刚才遭遇恶狗与死兔子的地方,一切如常,像什么都没有发生过。

日记三

今天开车外出,途经一个小村庄后,忽见路边一树粉白的花儿开得轰轰烈烈,不由心跳加速,血往上涌。惊艳,这就是传说中的惊艳!怎奈这段路是个长长的下坡,未容细辨,车轮已滑出老远。

为了再次与这树花儿重逢,回城时我特地选择了原路返回,尽管这条路不甚平坦。

停车,开门,慢慢下车,一步步靠近,所有的语言都变得苍白,只有无声的呐喊从心头滚过。那花开得那叫一个疯狂,简直倾其所有,用尽全力。很多已经凋零的厚厚铺了一地,我窥到她们集体散发出的巨大孤独。花开荼蘼君知否?它们在守候谁吗?我的衣襟仿佛被无数双纤弱的手拽住,耳边响起花儿们心满意足的叹息 —— 她们在等我!我内心激起莫大的感动,几乎涕零。我想起张爱玲讲过的那句最卑微的情话 —— 低到尘埃里……

身边车来车往,我没能多作停留。我是个多情的路人,不像大多数路人对花儿的美视若无睹或漠然处之,但我停下脚步,却顶多也只能欣赏她们一阵子,而不能为之多做点什么或付出点什么。对我来说,这一霎已是永恒。与此同时,佛经里说的那些表示极短时间的词汇 —— 须臾,刹那,弹指,瞬间……纷纷奔涌而来。

相信这是上天的安排,让我遇见她们 —— 在她们最美的时候。就像上天让我遇见你。什么是错误的时间遇到对的人?谁又说得清呢?不是有句忧伤的话叫作"无缘也是缘"吗?

我就像这落花一般,还在原地期待你的回眸,你却已经走远,等待我的必将是腐烂。

小雨讲的故事

手术室的门开了,妈妈被推出来,双眼紧闭,仿佛失去了知觉。紧紧地盯着这张蜡黄的脸,咬紧牙关不出声。耳边,哥哥和嫂子一声接一声地喊着"妈",声声锥心。

老是觉得这不是真的,就像当年哥哥告诉我爸爸的病情时一样,他说完就递过来一张药方,让我去配药。我死活不肯去,好像我不去拿药,爸爸的病就不会是真的,他就不会死。但他吃了好多中药和西药,最终还是死了。

妈妈被推进了特护病房,哥嫂趴在妈妈耳边问她怎么样。我知道妈妈是醒着的,因为妈妈的嘴唇在翕动,那上面起了一层白皮,像家门口干涸开裂了的泥地。

"棉签呢?蘸点开水润润她的唇!"我突然急了。

妈妈却在同时开口说话了,大家都没听清,于是静了下来。妈妈又说了一遍,痛苦地将头扭向了另一边。这回大家都听清了,她说,"像被绑起来了,难受!"

突然想起医生让家属签字的知情同意书上写着:为了防止病人乱动,医生需要将病人作捆绑处理,请家属配合。妈妈的头又碾到了另一边,枕头上立刻多了几根白头发,东倒西歪,却历历刺目。她肯定很痛,麻醉的药效快过了!她多瘦啊,脖子上的皮都松得起了皱,病魔将她折磨得已经不像是妈妈了!手无缚鸡之力的妈妈,刚动完手术,却被一根绳子捆绑着,束缚着,固定着,在该死的病床上,动弹不得!

瞬间有掀开被子将妈妈解救出来的冲动,可是我没有。拿牙齿咬住自己的舌头才控制住这冲动,但热辣辣的泪却一次又一次试图冲出眼眶。只有不停地假装整理自己的包包,低下头一次次将手伸进包内,指甲深深掐入手心,直到指头毫无知觉。所幸主刀医生已经给出了一个好结果,妈妈只是太疲劳,体力透支过久,积劳成疾了。

我们被特护驱赶出病房之前,妈妈一直在催促"快回家"。她嘶哑着喉咙吃力地说,孩子在家呢,快回去吧。还有小雨,你自己身体也还虚弱,要注意休息……我心里一遍遍自责,如果不是因为全心全意照顾了我几个月,妈妈的身体就不会垮,也就不用动手术了!

医院门口,哥嫂驱车离去。我接到儿子的电话,问外婆的手术情况。看了下时间,孩子刚刚放学。突然就泪如雨下,"外婆没事,外婆好好的,放心吧!"

"那就好! 妈妈你慢慢来,我没事。我会自己先买面包吃的。"儿子的电话挂了,手机屏幕暗下去,我又把它按亮,揿了一个三位数的号码,"老公"二字立刻跳了出来。眼睛紧紧盯着那个绿色的小话筒半天,但终究没按下去。屏幕又慢慢暗了下去,这次我没有再将它摁亮,而是原地呆立了一会儿,慢慢走向停车场。

日记四

开车经过长而黑的隧道,迎面是明亮的天光,隧道外是你小时候生活的村庄。

路边的荷塘已经空了。记得这里面全是白荷,开花的时候美得令人窒息。那次我坐在你车里路过这里,轻轻惊叹了一句"好美",你就善解人意地停了车在路旁,打开车门将我牵下去,陪我到塘边近观。你那么高大的身躯牢牢地挡在我身边,好像我会因站立不稳掉下荷塘去。我闻到你身上的味道,很想靠上去贴紧你,但有一股什么力量阻止了我。我悄悄抬头看了你一眼,你正面无表情地直视着满塘的白荷,眉头微锁。不知为什么,我突然就闻到了荷风里飘出来的淡淡苦味。

你突然说,你的女儿名字里有个"莲"字。然后你打开皮夹让我看她的照片,女孩用一双清纯如水的眼睛看着我。我就对你说,她的眼睛很美,像你。

上车的时候你又一次伸出手臂让我借力,但我没有。我要让你知道我已经好了,我已经恢复了健康,我不再是个病人。上得车来,我却忍不住小心翼翼地伸出小手指去试探你握挡位杆的手。你却像无知无觉,表情无动于衷。我只好将手慢慢地缩回来,放在裙摆上。可是我又多么盼望你能够像之前那样霸道而温柔地一把攥住我的手,一直到目的地才放开——那两只多么可怜的纠缠得汗津津的手啊!

我裙摆上的手看起来是那么孤独,纤瘦,苍白,手背上青筋暴绽,指甲毫无血色。我不敢抬头,只用尽全力死盯着自己的手,好像这手会散发出天然的磁性,从我双目中淌出来的电流正"滋滋"地被它吸引。忽然感觉指尖"啪"的一声脆响,一朵蓝色小火花爆开来,我吓得一激灵。你似乎感觉到了什么,偏过头来看了我一眼,目光充满关切。我很怕自己会当着你的面哭出来,赶紧扭头望向车外。那天你穿着一件白衬衣,胸前有个小口袋微微张着,像一张裂着的小嘴巴。我心里默默盘桓着一个句子:我想化身为一粒莲子,被你藏进贴胸的衣袋。

那是我最后一次坐你的车。

荷塘里有两个穿皮衣皮裤的农民在打捞残荷败藕,浑浊的水泛起冰冷的涟漪。心里蓦地跳出来"寒塘"二字,车窗外此刻飘舞的雪白的苇花模糊了我的眼睛。

今天是我的生日。我终于没能等到你的祝福。

在等下一个红灯的时候,我拿起手机,给你发了一条短信:我有新欢了。忘记我吧。

小北讲的故事

这天半夜,我突然被一阵压抑的哭声惊醒。我急忙睁开眼睛往下望,只见抽水马桶上坐着一个赤身裸体的女人,她脑袋低埋,身子蜷缩,长长的头发披散着垂到脚面,正瑟瑟发抖。

她是这家的女主人。算起来,她有将近两个月没回家住了。

她一直没有开灯。外面偶尔驶过的车灯照进来,从她光洁的背部划过,我可以清晰地分辨出她圆圆的脊椎骨,不出声的哭泣使她的身子不住地抽搐、颤抖。

良久,卫生间门口传来了脚步声。只见女主人飞快地坐直身体,抽了纸巾擤了鼻子,然后深吸了一口气,冲掉了水。

"你在干吗?"进来的男人声音带着浓重的睡意和不满。他是男主人。

"没事。"女人直着脖子挺直腰杆,从他身边走出去了。

男主人遂拉下短裤,开始"哗哗哗"地小便。

我是一条壁虎。我在这户人家的卫生间顶上已经住了好久。当年主人换排气扇的时候,正在跟男朋友交欢的我,被一枚突如其来的钉子钉住了尾巴,所以我动弹不了了。都说壁虎的尾巴可以再生,但我却一直没勇气挣断它。因为我怕疼,还因为我有个非常爱我的男朋友,他舍不得让我疼,他天天给我送吃的来,喂我,安慰我,唱歌、讲故事给我听,偶尔跟我做做爱。我也就渐渐接受了这个现实。更何况,我可以透过排气扇的孔隙望见下面发生的一切,这让我的生活不再枯燥。

这么多年来,我几乎从来没见过这家男主人笑过。这男人肥胖,但每天都把自己打扮得衣冠楚楚。他有严重洁癖,总是指责女主人没绞干毛巾,没擦干净洗脸池的边缘,还有地砖的缝隙。而这家女主人则有个好脾气,总是逆来顺受,面对指责也不反驳,但又屡教不改,这些不拘细节大大咧咧的毛病总是一犯再犯。她的怪癖是一回家就脱光衣服,所以我见到的她很少有穿衣服的时候。一年四季都如此,大冬天似乎也不怕冷。

跟男主人相反,女主人很喜欢笑。尤其是每天早上洗漱完毕之后,她总要照着镜子微笑。她的裸体称得上漂亮,就是瘦,肋骨历历,腰肢因此纤细,胸部虽然不饱满,但浑圆,只是有些无精打采,这是哺乳引起的松弛。但她的笑容很漂亮,我有时候能够在里头看到类似太阳的光芒。

他们有个孩子。那是个仿佛有着过多心事的少年,他那狭长的脸上长满了青春痘,总是眉头紧皱,还总是一声不吭。我记得他小时候不是这样的。这孩子以前白白胖胖,笑声很无邪,像含了甜牛奶在喉咙里。我已忘记他是从什么时候开始变成这样的。

半夜哭泣后的翌日清早,裸体的女主人又一如往常出现在了抽水马桶上,边小便边埋首于手机微信。我看到她给一个微友留言评论:若时间不够长,新欢不够好,旧爱还是忘不了。然后是一个笑得迸出了眼泪的表情,而她自己的脸上却一脸的平静,但这种平静让我觉得会有什么事情发生。因为梳洗完毕后的她忘记了一件事情,那就是对着镜子练习微笑。我还看到,她的右下腹多了一道丑陋的疤痕,像一条红色的蚯蚓。

过了一会儿,我听到卫生间门口传来皮肉相搏的声音,夹杂着男孩的大叫和哭喊,"不要,不要!"打斗声停止了,有人在喘粗气。不一会儿,男主人嘴里念着"疯婆子"冲进来,打开水龙头冲洗手臂,那上面有个圆圆的牙印正渗出血珠来。

男主人涂抹好伤口走了,防盗门被重重地摔上了。很快,一脸平静的女主人进来了,她脸色苍白,腹部剧烈起伏。她开始梳头,每梳一下就有一大绺头发掉下来,地上很快就铺上了黑黑一层。不一会儿,孩子出现在她身边,惊恐地扫视了一眼地上,然后开始一脸悲悯地打量他裸体的妈妈。蓦地,孩子嘴里吐出一句话:"要么开枪,要么投降。妈妈,你得选一样。"这一瞬间,他脸上有了一种奇异的变化,像是神灵附体,这让我受到了巨大的惊吓。

那妈妈估计也跟我一样,她停下梳头的动作,用疑惧的目光紧盯着镜子里的儿子,说不出话。

"你没事吧?"母子几乎异口同声地向对方发出了提问。

儿子闷声不响。妈妈则飞快地回答道:"我没事。我很好。"

她开始往眼角涂透明的芦荟胶,一边对着镜子里的儿子说,又像在自言自语:"管好自己,就好。妈妈所能给你的,只有这个家的完整。"我这才发现,她的两个眼角连同颧骨都肿起来了。

儿子默默地看着她,然后又说:"妈妈,你有白头发了。"

"哦,白头发很正常呀。听说今年奶奶灰很流行,要不妈直接去染一个?"看得出来,她在尽量使气氛轻松起来。

"呵,呵。"儿子一个字一个字地答复道,走了。

"真尖刻。"妈妈佯装嗔怒,还在他身后作势扬起了手。但儿子没有回头。

女主人呆呆地盯着镜子里的自己好一会儿,然后开始拿牛角梳梳理自己的乳房,那一道道齿痕红得像要滴出血来,渐渐连成了一片。

从那天开始,女主人爱上了按摩。她往身上涂抹一种液体,腰、腹、胸、手臂,又揉又捏,直到这些部位变得通红。说来也怪,这种散发着淡淡橙花香味的液体能够使她的身体变得紧致,双乳也似乎显得更鼓凸、坚挺了起来。按摩之后的她着迷地看着镜子里的自己,脸色红扑扑的,眼睛里闪烁着动人的光泽。

我男朋友又给我送早餐来了。我又发现了那个鬼鬼祟祟的身影。她躲在角落里,以为我没看见,其实我早就注意到了那条淡黄色的尾巴。长期的密室生活,使我练就了一双火眼金睛。如果我判断正确的话,那是一条年华正茂的雌性壁虎。我闻得到她身上传来的逼人的年轻气息。

男朋友看我的眼神很温柔,但我觉出了里面隐含着的疏离——很久了。他已经很久很久没拥抱我、亲吻我了,甚至连贴面礼都没有了,更不用说做爱了。是什么让我能够忍受这一切这么久呢？我给自己的理由是——"爱"。但我知道，实际上爱它已经消失很久了。我们都在靠自欺欺人来粉饰太平，而习惯和惰性才是最可怕的东西，它像是泥淖，让我们沉溺其间无法自拔，直到最后无法呼吸、窒息身亡。

我低下头默默地吃早餐。早餐还跟以前一样精致而丰富，有一只肥大的蜘蛛和一片新鲜的树叶，树叶里还裹着晶莹的露珠。露珠像是一滴浑圆的眼泪——眼泪是人类和我们动物所共有的，成分带盐，味道咸涩，连形状都一样。

它让我终于下了个决心。一口喝干了露珠，我开口说："你们走吧。"

果然，他惊惧地看着我，然后嗫嚅道："小北，你……"

我用比他温柔一百倍的眼神瞅着他，说："谢谢你，我要离开这里了。我已经不怕疼了。"

他欲言又止，然后往那暗影处挪去，一步三回头。两个黑影重叠了，他们待在那里不动了。我没有抬头，又说："快走吧，等你们走了我再离开。"

那双影子犹豫了几秒，才一起慢慢消失了。

咬紧牙关，我猛地一拧身子，一阵剧痛袭来。我被一阵重力牵引着坠了下去，我的身体穿过排气扇叶子的孔隙掉了下去。我哭起来，那是多么幸福的眼泪——他没有禁锢我，禁锢我的是我自己！

不知过了多久，耳边传来那个变声期孩子的叫声："妈妈，妈妈，快来看！一条壁虎！浑身雪白的壁虎，没有尾巴！"

我清醒过来时，正躺在女主人的手心里。她穿着一身得体的裙装，脸上化着精致的淡妆，呆呆地凝视着我，漆黑的瞳仁泡在透明的泪水里,像要化了。

我突然记不起她叫什么名字了——男主人多少年没叫她了!她好像是叫若蓝?还是小雨?或者米拉?还是跟我一样叫小北呢?